»Mir fehlt etwas, wenn ich keine Musik höre, und wenn ich Musik höre, fehlt mir erst recht etwas. Dies ist das Beste, was ich über Musik zu sagen weiß.« Robert Walser liebte die Musik, wenn auch in »sanfter Traurigkeit«. Sein Werk ist getragen von einer großen Affinität zu vielerlei Klangwelten und zur spielerischen Musikalität des eigenen Schreibens.

In seinen hier versammelten Erzählungen, Gedichten und Prosatexten finden sich zahlreiche verblüffend luzide Überlegungen zur Musik, zu einzelnen Komponisten, Musikern und Werken.

Walser wäre indes nicht Walser, wenn zu seinem Begriff der Tonkunst nicht auch die komischen Seiten des musikalischen Lebens gehörten: »Der Vater ... setzt sich ans Klavier und gibt damit das Zeichen, daß Musik zu erwarten sei, die sich alsbald für den einen mehr, den andern weniger bemerkbar macht.«

Robert Walser (1878-1956) absolvierte eine Banklehre und arbeitete als Commis in Banken und Versicherungen in Zürich. Seine ersten Gedichte (1898) ließen ihn rasch zu einem Geheimtipp werden und verschafften ihm Zugang zu literarischen Kreisen. In rascher Folge publizierte er nun drei Romane. Infolge einer psychischen Krise geriet Walser Anfang 1929 gegen seinen Willen in die Psychiatrie, deren Rahmen er nie mehr verlassen konnte.

Roman Brotbeck, Musikwissenschaftler und Forscher an der Hochschule der Künste Bern, ist führend im Bereich der Robert-Walser-Vertonungen und arbeitet an einer Monographie zu diesem Thema.

Reto Sorg leitet das Robert Walser-Zentrum in Bern und unterrichtet an der Universität Lausanne.

insel taschenbuch 4420

Robert Walser

»Das Beste, was ich über Musik zu sagen weiß«

ROBERT WALSER

»DAS BESTE, WAS ICH ÜBER MUSIK ZU SAGEN WEISS«

Herausgegeben und mit einem Nachwort versehen von
Roman Brotbeck und Reto Sorg
unter Mitarbeit von Gelgia Caviezel

Insel Verlag

Mit Unterstützung durch die Hochschule der Künste Bern und
in Zusammenarbeit mit der Camerata Bern
Umschlagfoto: © Keystone/Robert Walser-Stiftung Bern

2. Auflage 2016

Erste Auflage 2015
insel taschenbuch 4420
Originalausgabe

Textnachweise und Anmerkungen zu dieser Ausgabe am
Schluss des Bandes
Vertrieb durch den Suhrkamp Taschenbuch Verlag
Umschlag: hißmann, heilmann, hamburg
Satz: Satz-Offizin Hümmer GmbH, Waldbüttelbrunn
Druck: Druckhaus Nomos, Sinzheim
Printed in Germany
ISBN 978-3-458-36120-6

INHALT

»DAS BESTE, WAS ICH ÜBER MUSIK ZU SAGEN WEISS«

BANGEN

Ich habe so lang gewartet auf süße
Töne und Grüße, nur einen Klang.

Nun ist mir bang; nicht Töne und Klingen,
nur Nebel dringen im Überschwang.

Was heimlich sang auf dunkler Lauer:
Versüße mir, Trauer, jetzt schweren Gang.

(1899)

BIERSZENE

Einer scherzte mit der Kellnerin.
Einer stützte müde seinen Kopf.
Einer spielte seelenvoll Klavier.
Einem brach das Lachen aus dem Mund.
Einem schoß das Dunkel durch den Traum.
Einem gab die harte Taste nach.
Einmal lief das schlanke Mädchen fort.
Einmal fuhr der blöde Träumer auf.
Einmal war das Spiel ein englisch Lied.
Ein verbuhlter Schwätzer, Tabakrauch,
ein erwachter Träumer, und ein Traum,
ein ermüdeter Klaviervirtuos.

(unveröffentlicht, bis spätestens 1900)

LAUTE

Ich spiele auf der Laute Erinnerung. Sie ist ein geringfügiges Instrument mit nur immer einem und demselben Klang. Dieser Klang ist bald lang, bald kurz, bald träge, bald hurtig. Er atmet in ruhigen Zügen, oder er setzt in einem hastigen Sprung über sich selber hinweg. Er ist traurig und lustig. Das Sonderbare ist nur, daß, wenn er schwermütig klingt, er mich lachen macht, daß, wenn er lustig ist und springt, ich dabei weinen muß. Gab es jemals solchen Ton? Wurde jemals auf so wunderlichem Instrument gespielt? Es ist kaum in die Hand zu nehmen, das Instrument; die Hände, selbst die weichsten und feinstgebildeten, sind zu rauh dafür. Es hat unaussprechlich dünne, zarte Saiten. Haare sind Halftern dagegen. Es gibt einen Knaben, der darauf zu spielen weiß; und ich, der ich Zeit habe, auf der Lauer zu liegen, ich horche ihm zu. Er spielt Tag und Nacht, ohne an Essen und Trinken zu denken, in die Nacht und in den Tag hinein. Vom Tag in die Nacht und von der Nacht in den Tag hinein. Die Zeit muß ihm nur dazu da sein, sie wie einen Ton an sich vorbeiwehen zu lassen. So wie ich auf ihn horche, den Spielenden, so horcht er, der Spieler, die ganze Zeit lang auf seine Geliebte, den Klang seines Instruments. Noch nie lag ein Verliebter so treu, so beständig auf der Lauer. Wie süß ist es, dem Lauernden aufzulauern, den Verliebten zu sehen, den Vergessenen an seiner Seite zu fühlen. Der Knabe ist Künstler, die Erinnerung sein Instrument, die Nacht sein Raum, der Traum seine Zeit; und die Töne, denen er das Leben gibt, sind seine eifrigen Diener, die von ihm reden in der Welt begierige Ohren. Ich bin nur noch Ohr, unsäglich ergriffenes Ohr. *(1901)*

KLAVIER

Ich weiß nicht, wie der Bursche heißt, der das Glück hat, von einer so schönen und hoheitsvollen Klavierlehrerin Unterricht auf dem Flügel zu genießen. Jetzt eben ist er daran, sich von den schönsten Händen der Erde die Behendigkeit auf den Tasten beibringen zu lassen. Die Hände der Dame gleiten über die Tasten wie weiße Schwäne auf dem dunklen Wasser. Sie sprechen sehr anmutig schon aus, was hinterher die Lippen sagen. Der Knabe ist von einer Zerstreutheit umfangen, welche die Lehrerin nicht beachten zu wollen scheint. »Spielen Sie das«; aber er spielt es unbeschreiblich schlecht. »Spielen Sie es noch einmal«; aber er spielt es noch schlechter als zuvor. Nun, es muß noch einmal gespielt werden; aber er spielt es schlecht. »Sie sind träge.« Er weint, dem dies gesagt wird. Sie lächelt, die dies sagt. Er liegt mit dem Kopf auf dem Klavier, der sich das muß sagen lassen. Sie streichelt ihm das braune weiche Haar, die ihm dies hat sagen müssen. Nun küßt der Bursche, der unter der Liebkosung aus seiner Scham erwacht, die zärtliche Hand, die sehr vornehm und weiß ist. Nun umschlingt die Dame den Hals des Knaben mit ihren herrlichen Armen, die sehr weich und zu einer Umarmung die rechten Zangen sind. Nun läßt sich die Dame küssen und nun erliegen die Lippen des lieben Burschen einem Kuß der freundlichen Dame. Nun haben die Knie des Geküßten nichts Eiligeres zu tun, als wie umfallende Grashalme zusammenzusinken, und die Arme des Knienden nichts Einfachers, als wieder die Knie der Dame zu umarmen. Der Dame Knie schwanken ebenfalls und nun sind beide, die gütige, schöne Dame, und der einfache arme Knabe, eine Umarmung, ein Kuß, ein Zusammensturz, eine Träne – und was mehr ist: eine unerwartete schreckliche Überraschung für jemanden, der in diesem Augenblick die Türe des Zimmers öffnet, was sowohl der Süßigkeit von der beiden vergessener Liebe, als der Erzählung davon ein Ende bereitet.

(1901)

MUSIK

Musik ist mir das Süßeste auf der Welt. Ich liebe Töne unaussprechlich. Ich kann, um einen Ton zu hören, tausend Schritte springen. Oft, wenn ich im Sommer durch die heißen Straßen gehe und aus einem unbekannten Hause ein Klavier tönt, stehe ich still und meine, an dieser Stelle sterben zu sollen. Ich möchte im Anhören eines Musikstückes sterben. Ich stelle mir das so leicht vor, so natürlich, und doch ist es natürlich wieder unmöglich. Töne sind zu zarte Dolchstiche. Die Wunden von solchen Stichen brennen wohl, aber es ist kein Eiter in ihnen. Wehmut und Schmerz träufeln statt des Blutes hervor. Wie die Töne aufhören, ist alles wieder ruhig in mir. Ich gehe dann an meine Schulaufgaben, zum Essen, zum Spiel und vergesse es. Klavier gibt mir den zauberischesten Ton. Mag auch eine Stümperhand spielen. Ich höre nicht das Spiel, nur den Ton. Ich kann nie ein Musiker werden. Denn ich würde es nie süß und trunken genug finden, Musik zu machen. Musik anhören ist viel heiliger. Musik stimmt mich immer traurig, aber so wie ein trauriges Lächeln ist. Ich möchte sagen: freundlich-traurig. Die lustigste Musik vermag ich nicht lustig zu finden und die schwermütigste Musik ist für mich keineswegs besonders schwermütig und entmutigend. Vor der Musik habe ich nur immer die eine Empfindung: mir fehlt etwas. Nie werde ich den Grund dieser sanften Traurigkeit erfahren, nie darnach forschen wollen. Ich wünsche es nicht zu wissen. Ich wünsche nicht alles zu wissen. Ich besitze überhaupt, so sehr ich mir intelligent vorkomme, wenig Wissensdrang. Ich glaube deshalb, weil ich von Natur das Gegenteil von neugierig bin. Ich lasse gern vieles um mich geschehen, ohne mich zu bekümmern, wie es geschieht. Das ist gewiß tadelnswert und wenig geeignet, mir im Leben zu einer Laufbahn zu helfen. Mag sein. Ich fürchte mich nicht vor dem Tode, also auch nicht vor dem Leben. Ich merke, ich gerate ins Philosophieren. Musik ist die gedankenloseste und deshalb süßeste Kunst. Rein verständige Menschen werden sie nie schätzen, aber sie wird gerade ihnen in Augenblicken, wo sie sie hören, am innigsten wohl tun. Man darf eine Kunst nicht begreifen und nicht schätzen wollen. Kunst will sich uns anschmiegen. Sie ist ein so überaus reines und selbstzufriedenes Wesen, daß es sie kränkt, wenn man sich um sie bemüht. Sie straft den, der ihr, indem er sie fassen will, entgegenkommt. Künstler erfahren das. Sie sind es, die ihren Beruf darin sehen, sich mit ihr zu befassen, die durchaus nicht angefaßt werden will. Deshalb möchte ich nie Musiker werden. Ich fürchte mich vor der Strafe eines so holden Wesens. Man darf eine Kunst lieben, aber man muß sich hüten, es sich zu gestehen. Man liebt am innigsten, wenn man nicht weiß, daß man liebt. – Mich schmerzt die Musik. Ich weiß nicht, ob ich sie wirklich liebe. Sie trifft mich, wo sie mich eben antrifft. Ich suche sie nicht. Ich lasse mich von ihr schmeicheln. Aber dieses Schmeicheln verwundet. Wie soll ich es sagen? Musik ist ein Weinen in Melodien, ein Erinnern in Tönen, ein Gemälde in Klängen. Ich kann es schlecht sagen. Die Worte über die Kunst da oben muß man nur nicht ernst nehmen. Sie treffen so gewiß nicht zu, als mich heute noch kein Ton getroffen hat. Mir fehlt etwas, wenn ich keine Musik höre, und wenn ich Musik höre, fehlt mir erst recht etwas. Dies ist das Beste, was ich über Musik zu sagen weiß.

(1902)

BRENTANO

Eine Phantasie

So wie ich den Mund aufmache, liebe Leser, und anfange zu erzählen, müßt ihr denken, es sei ein schöner warmer dufterfüllter Sommerabend. In einem kleinen schnellen Nachen fährt ein junger, etwa zwanzigjähriger, hübscher Mann die rauschende Isar hinunter. Es ist Brentano. Er weiß eigentlich nicht, wie er zu dem Nachen und zu der Flußfahrt gekommen ist. Es ist ihm kaum noch deutlich in Erinnerung, daß er ihn weit oben irgendwo losgebunden, daß ein Bauer oder Schiffer ihm wütend nachgeschrien und daß dann die Sache so ihren Lauf genommen hat. Jetzt eben landet er in der Nähe der großen bekannten Stadt, in einer kleinen Bucht, welche die Natur, wie man zu sagen pflegt, hier gebildet hat, und steigt aus, etwas ermüdet, wie es scheint, von der Anstrengung des Ruderns und Steuerns. Er steigt, wie gesagt, aus und überläßt den Nachen dem Schicksal, oder der Ruhe, oder der erstbesten Menschenhand, die danach ruhig wird greifen dürfen. Sehen wir uns den hochberühmten Romantiker doch etwas näher an. Er ist in die Mode seiner Zeit gekleidet. Er trägt gelbe Schuhe, weiße Beinkleider, blaue Weste, dunkelblauen Rock, helle Halsbinde und einen Strohhut, um den, nach Art der Schäfer, farbige Bänder flattern. Sein Gesicht ist ein überaus intelligentes Menschenantlitz, etwas blaß, ja, wenn wir aufrichtig sein wollen, sehr blaß sogar. Ein Anflug, so ein kleiner, netter Versuch von einem schwarzen Schnurrbart ziert seine feine Lippe, und über seinen tiefen, glänzenden, großen Augen wölben sich Brauen von derselben Farbe. Ich bitte alle Leser, die hier noch die Getreuen spielen und aushalten, zu denken, daß sie es mit einem recht sonderbar schönen Menschen zu tun haben, und wirklich, wenn er uns nun so auf einmal sein ganzes Gesicht zeigt, sind wir von der Schönheit und Milde überrascht, die aus ihm leuchten. »Leuchten« ist zwar der schlechteste Ausdruck, den ich bei dieser Gelegenheit hätte wählen können, nun er aber seinen Platz gefunden, mag er bis in alle Ewigkeit bestehen. Die Hände – oh, ich habe die Hände ganz vergessen. Jedermann, der dies liest, und der nur einige Phantasie besitzt, wird es der meinigen erlassen, diese Hände umständlich als feine Hände zu beschreiben. Schön und fein sind sie in der Tat. Die Füße stecken in den feinsten gelben Schuhen, die Hände sind beschrieben, der Mensch steht fertig da, wir können die Segel streichen und in dem Flußwasser dieser Geschichte unsere Fahrt mit gutem Gewissen fortsetzen.

Es ist schrecklich, welche Fehler bei begabten und selbst bei begabtesten Autoren oft vorkommen. Habt ihr nicht bemerkt, daß ich vergessen habe, dem Gitarrenspieler Brentano eine Gitarre in die Hand zu geben? Da verschwende ich viel Zeit mit Berichterstatten von schönen Schuhen, Beinkleidern, Fahrzeugen, Lustfahrten und vergesse dabei das Notwendigste und Stimmungsvollste: die musikalische Begleitung. Gott, man sollte meinen, ich hätte nicht mehr den Mut, weiterzufahren, aber jetzt, da mein Mann so vollständig ausgerüstet ist, besitze ich gerade so viel Keckheit, als nötig ist, um folgendes zu sagen: Die Geschichte fährt fort. Brentano ist ausgestiegen. Er setzt sich. Alle andächtigen Zuhörer sind gebeten, sich neben ihn ebenfalls zu setzen. Es ist der schönste weichste Rasen, auf dem man sich ausstrecken kann, und es wird Musik gemacht. Brentano greift weich und kraftvoll in die Saiten seiner Gitarre, singt dazu, und wir gestehen alle zusammen: noch nie ist schöner und ausdrucksvoller gepfiffen worden. Wort und Melodie sind sein eigenes Gewächs, um so besser steht beides seinem schönen Munde. Aber jetzt hat er zu Ende gesungen. Er erhebt sich, fährt recht gedankenvoll mit seiner Hand über seine Stirn, gleichsam, um da Gedanken wegzuwischen, geht langsam und träumerisch den Fluß entlang, einem Landhaus zu, das sich in der nächsten Nähe befindet, und steht dann wieder still. Er wird übrigens bald wieder gehen müssen, denn seine Gewohnheit ist, weder lange zu gehen, noch lange still zu stehen. Ich glaube, alle Dichter besitzen diese Gewohnheit. Jetzt geht er also, weil wir's, seine Gebieter, doch so haben wollen, und nun will es das Schicksal, daß er vor ein großes Gartengitter, gerade vor die offene Pforte zu stehen kommt. Es ist das Gitter von dem Park, der das Landhaus einschließt, von dem wir eben die Gewogenheit hatten, zu sprechen. Brentano singt, und niemand anderem als einem alten abgetragenen Wichtigtuer von Diener fällt es ein, den Dichter in seinem Gesang zu stören. Die Dame, die drinnen im Hause am offenen Fenster gesessen, um die weiche Nachtluft einzuatmen, hat den Sänger und das Lied gehört. Sie hat zu ihm hinausgeschickt, und eben der altersgraue filzige goldbehangene Diener ist der Abgesandte. Brentano gehorcht ohne Umstände, aber auch ohne die geringste Verwunderung der Einladung, die ihm der Lakai ausrichtet, nämlich, zu der Dame zu kommen, die gern den Liedersänger möchte kennen lernen. Hier ist gottlob ein Abschnitt fertig.

Die Vorstellung und die erste schickliche Unterhaltung zwischen der Dame und Brentano sind vorüber. Sie hat ihn gebeten, zu sagen, wer er sei, wie er heiße, woher er komme, wohin er gehe, was für einen Beruf er habe, und er hat ihr unbefangen und artig das Nötige gesagt. Die Dame erscheint ihm als eine schöne imponierende Frau, und er hat nicht die Ungezogenheit, auch nur in Gedanken ihre Jahre zu schätzen. Er besitzt Unterhaltungsgabe und die Dame fühlt, daß er ein in jeder Beziehung angenehmer und edler Mensch ist. Er kennt eine Fülle anmutiger kleiner Lieder auswendig, und er singt sie, ohne sich lange darum zu bitten. Er singt sie wegen sich, nicht ohne dabei die Empfindung zu haben, dem schönen Wesen, das ihm gegenüber sitzt, einen Wunsch zu erfüllen. »Herr Brentano«, sagt sie zu ihm und gibt ihm ihre kleine weiße Hand, »ich muß Sie lieb haben. Wollen Sie einige Zeit bei mir bleiben?« Er bejaht, und er weiß gar nicht, daß er bejaht. Er ist an dergleichen Anmutungen gewöhnt und er liebt es, in Anspruch genommen zu werden. Das zerstreut ihn, der sonst immer nachdenklich wäre. Er führt die Hand seiner gütigen Wirtin leicht an seine Lippen. Die Dame steht auf, um dem Kammerdiener, immer noch dem gleichen, den wir schon kennen, Ordre zu geben, ein Zimmer für den Neuangekommenen bereit zu machen. Während sie fort ist, lächelt Zauberer Brentano, aber das Lächeln ist husch husch verschwunden, wie die Dame wieder eintritt. Er würde nie lächeln in Gegenwart schöner gebildeter Frauen, ohne dazu aufgefordert zu sein. Sie sieht ihn dankbar an, ohne eigentlich zu wissen, weshalb, und lächelt freundlich. Und nun darf Brentano auch lächeln, und wir auch, die wir über jede Art Geziertheit erhaben sind.

Die Nacht hat er herrlich geschlafen. Am Morgen ist er erst eine lange Weile am offenen Fenster, halb unangekleidet, und träumerisch gelegen. Die Aussicht über die Dächer der Stadt, über die Bäume und Türme weg in die unbestimmbare graue Ferne hat ihn gereizt und er hat dabei nichts gedacht. Menschen, deren Geschäft es ist, immer zu denken, wissen nur selten, daß sie es tun, so Meister Brentano. Dann, nachdem er Toilette gemacht, ist er hinunter zu der Dame gegangen, um ihr guten Morgen zu wünschen und nach ihrem Befinden zu fragen. Sie ist ihm in weißen, leise rauschenden Gewändern auf der breiten Treppe begegnet, und sie haben sich lange in die Augen gesehen. Sie hat ihm ihren reizenden Mund geboten, und er hat ihn sorglich geküßt. Sie hat dann geweint und mit geröteten Augen gefragt, ob er gut geschlafen habe, und er hat ihr gesagt, wie gut. Ihre Freude ist so unbefangen, so unschuldig wie die eines Kindes gewesen, und dann haben sie sich das Morgenessen servieren lassen. Nach dem Essen hat er in die Gitarre gegriffen und Töne herausgeholt, die zu der Freude und Gespanntheit ihrer Herzen süße und würdige Begleiter müssen gewesen sein. Er hat ihr nachher viel von seinen Reisen und Wanderungen erzählt, und sie hat vor Lauschen fast nichts hören können. Das mag kommen, wenn sich das Herz mit dem Ohr streitet, Hörer zu sein. Sie hat geseufzt und den Kopf in die Hand gestützt und ihn wieder lange nachdenklich angeschaut, der so ruhig und mild ihr gegenüber gesessen ist. Sie hat dann ihre Arme und Hände seinen leidenschaftlichen Küssen überlassen. Das ist an dem Morgen nach dem ersten Abend geschehen.

Sie machen zusammen, von einem schönen großen Hund begleitet, Spaziergänge im Park und in der Flußgegend. Der Lauf der Isar plaudert zu ihrem Geplauder, das unerschöpflich scheint. Sie ereifern sich, ohne zu streiten. Es will der schönen gütigen Frau scheinen, als sei ihr Dichter, sie nennt ihn ja jetzt schon den ihren, auf Abwegen. Sie sagt ihm, er schweife zu sehr aus, er wisse gar kein Maß zu halten. Ob das recht und klug sei. Er schweigt gern zu Vorwürfen dieser Art. Er sagt nur, er wisse nicht, wie er anders sein solle, als eben so, wie er sei. Sie erwidert nichts darauf, sondern senkt nur traurig den Kopf. Er spricht selten zusammenhängend. Aus seinen Gesprächen springen seine Launen wie Raketen aus dem Finstern. Sie bemerkt es, und versucht, es ihm vorzuhalten. Sie sind glücklich. Sie fragen sich nicht, wie es nur möglich ist, daß sie es sind. Es genügt ihnen, zu fühlen, daß sie es ohne ihr Tun und ohne ihren Willen sind. Ihre Unterhaltung ist am Abend weniger frisch und lebendig als am Morgen, nicht weil sie zu viel sprächen den Tag über, sondern weil sie die schöne Gewohnheit haben, überhaupt gegen Abend in allem müde zu sein ... Sie empfinden Müdigkeit als etwas Liebes und sie küssen sich am liebsten, wenn es Abend ist. Das Küssen ist dann das Sprechen. Sie wissen nicht, ob sie sich ganz und gar verstehen, aber es fällt ihnen nicht ein, deswegen traurig zu sein. Im Gegenteil, sie sind froh, daß sie über gewisse Dinge nicht zu reden brauchen. Sie geben sich auch nicht die kleinste Mühe, ihr Glück zu hüten. Jede derartige Besorgnis wäre ihnen unangenehm, weil, wie sie sich, jedes im stillen, sagen, ihr Glück doch dahin wäre, wenn es der Aufsicht bedürfte. Sie liebt besonders den Dichter an ihm und er an ihr besonders die Erscheinung. Er sagt ihr, es sei ihm alles wie etwas Wunderbares, wie eine Ahnung, wie ein Traum; sie sagt, sie habe ähnliche Empfindungen, aber es sei nicht nötig, es auszusprechen. Sie singt und spricht seine Verse auswendig, und er wundert sich über die Leichtigkeit, womit sie sie lernt. Es ist ihm nicht gleichgültig, was sie spricht und singt, und doch, wenn sie nur spricht und singt, ist ihm alles andere gleichgültig. Sie empfindet das, und es reizt sie oft, ihn die Herrlichkeit ihrer Herrschaft fühlen zu lassen. Er will nicht ihr Sklave sein, weil er sie liebt, und sie möchte seine Sklavin sein, um ihn inniger zu lieben. Sie fühlt sich ihm überlegen, das macht sie traurig. Er verschmäht es, ihr überlegen zu sein. Aber sie sind froh, daß sie nicht allzu ungestört glücklich zu sein brauchen. Vor dem Schlafengehen spielt er, und sie singt dazu. Wie sie müde sind, gehen sie zu Bett. Sie sagen, am schönsten lasse es sich in sittsamen und geordneten Umständen leben. Sie wünschen nicht, sich irgendjemals auch nur der kleinsten Ausschweifung bedienen zu müssen, um überzeugt zu sein, daß ihr Leben ein abenteuerliches und reizendes sei. Kein Abenteuer ist ihnen das einzige Abenteuer, das sie erleben mögen. So erfüllt von der Schönheit und vom Glück der Gegenwart sind sie.

Es ist einmal wieder Morgen. Brentano lehnt wieder, halb angekleidet, am offenen Fenster seines hochgelegenen Zimmers, schaut hinweg über die Dächer und über die Bäume in die unbestimmbare Ferne. Er sehnt sich hinweg. Es ist ihm, als sei ihm zu wohl hier bei der schönen Frau. Er kleidet sich rasch an, greift zur Gitarre, spricht einige Worte in sie hinein, wie zu einem lebendigen Wesen. Hierauf nimmt er das Instrument zwischen seine Beine, klemmt sich fest daran und wirft sich aus dem Fenster. Die Gitarre, ohne Zweifel eine Zaubergitarre, trägt ihren Meister durch die Luft, über die hohen Bäume hinweg, der Stadt zu. Daran erkennen wir den Magier Brentano.

In der Stadt sieht er, durch die Straßen schlendernd, die Künstler in ihren bekannten Stellungen, die Cigaretten in den müden Händen, in den Kaffeehäusern sitzen. Es graut ihm. Er hat einen Abscheu vor allem, was elegante Nichtstuerei ist: Er geht durch die Straßen, bis er müde vom Herumlaufen ist. Er hat kein Auge für die Weiberaugen, die ihn auffordernd anblitzen. Er meint zu schlafen, zu träumen. Eine Sehnsucht, wie er sie nie gekannt, befiehlt ihm, wegzugehen, weit, weit, aus der Welt weg, zu den Fenstern alles Möglichen hinaus. Er spricht laut vor sich hin. Die Gitarre beginnt von selbst zu tönen. Die Menschen werden auf den sonderbaren schlanken Menschen aufmerksam. Es ist ihm tödlich bang. Er wünscht, keinen Kopf, vor allem kein Herz mehr zu haben. Alle seine Empfindungen sind ihm eine unerträgliche unnütze Last. Er möchte sich auf die Erde werfen, die hier ein Asphaltboden ist, und weinen. Er hat schon zu lange nicht mehr geweint. Er haßt alle andern Empfindungen. Die einzige, die ihm willkommen wäre, muß er entbehren. Er setzt sich endlich wieder auf seine Gitarre und ist gegen Abend wieder in dem Landhause.

Die schöne Dame bemerkt wohl seine Veränderung, aber sie sagt nichts. Sie ist von der gleichen bezaubernden Freundlichkeit zu ihm. Brentano spürt diesen Zauber nicht mehr. Er langweilt, er sehnt sich tödlich. Wenn er nur wüßte, sagt er sich, wonach er sich eigentlich denn sehne. Die Dame fühlt, daß seine Liebe zu Ende. Sie sagt nichts, sie schaut ihn mit traurigen aber dankbaren Augen an und weint, wenn er es nicht sieht. Er sieht nichts mehr an ihr. Wenn er singt, tändelt er nur mit seiner eigenen schmerzlichen dumpfen Sehnsucht, die er zu betäuben bemüht ist. Seine Küsse sind kalt und lahm geworden, die ihrigen erschüchtern, erfrieren. Sie senkt den Kopf täglich tiefer, sie vernachlässigt ihre Haltung von Tag zu Tag. Sie wünscht zu sterben. Er wünscht, wieder zu leben. Er sagt ihr, daß seines Bleibens hier nicht mehr sei. Sie schüttelt nur bejahend den Kopf, zittert und schleicht sich weg. Er ist bereit, von ihr Abschied zu nehmen, die Gitarre am Rükken, in dem Anzug, in welchem er ihr zum ersten Mal erschienen. Sie reicht ihm beide Hände und weint. Er ist zu müde, um sie zu trösten. Er geht mit hastigen Schritten durch den Park und ist verschwunden. –

Das ist die Geschichte, die Romanze, die Ballade, die Komödie vom Dichter Brentano. Wem sie erlogen scheint, mühe sich weiter nicht ab, er darf sie erlogen finden. Wer möchte von einem Dichter eine wahre Geschichte erzählen, und wer könnte es wagen, einem Dichter, wie Brentano, eine rein wahre Begebenheit aufzuhalsen? Ich zum Beispiel, ebenfalls ein Dichter, wünsche als Grabrede einst lauter Lügen. Wenn es nur liebliche Lügen sind.

(unveröffentlicht, vermutlich 1902)

DER SCHUSS. EINE PANTOMIME

Personen:
Monsieur, ein Greis
Madame, sein junges Weib
Charles, ein Flegel, Liebhaber der jungen Frau.

Ein Salon, von Kerzen matt
und schläfrig erleuchtet.

Monsieur, Madame und Charles sitzen beisammen um ein kleines zierliches Tischchen auf Schaukelstühlen. Auf dem Tischchen befinden sich Teekanne, Täßchen, Zigarrettenschachtel und eine Pistole. Monsieur ist nachdenklich. Er sitzt und brütet ohne eine Bewegung zu machen. Er sieht zwar nicht hin, was die beiden anderen machen, die es sehr heimlich und lustig miteinander zu haben scheinen, er sieht nicht hin, sage ich, aber er scheint doch auf alles acht zu geben, was um ihn vorgeht. Madame bietet Charles lächelnd noch eine Zigarette. Sie wird lächelnd und dankend angenommen. Nun scheint sich das Lächeln beider innig zu küssen, wenigstens dauert es eine Weile und bleibt gegenseitig haften. Ob es der Greis merkt? Der Zuschauer muß das seltsam beängstigende Gefühl bekommen, daß es bemerkt wird. Nun treiben die Füße und Kniescheiben der Verliebten, nämlich Kniescheibe und Kniefüßchen von Madame sowohl als von Charles, dem Flegel, der zwar nicht gerade ganz so feine Füße hat, ein interessantes Spiel, das mit Augenaufleuchten und -schließen begleitet wird. Man hat das Gefühl, daß der Alte es nur zu wohl bemerkt. Plötzlich erhebt sich der Alte mit einer anscheinend ungreisenmäßigen Gelenkigkeit, nimmt die Pistole zur Hand, tut, als ob er mit ihr nur so spielte (er möchte doch auch spielen, da es sein Gegenüber tut) und senkt dann die Waffe sanft wieder dem Tischchen zu, wo er sie wieder hinlegt, indem er krankhaft lächelt (also Lächeln allerseits). Die beiden, die erst jetzt bemerken, daß der Alte hinter ihrem Rücken steht, stehen ebenfalls auf, so unbefangen als nur möglich, indem sie halb leise zu plaudern und halb mit dem Greisen in eine Unterhaltung zu gelangen scheinen. Doch das scheint nur so. Daß dies nur so scheint, und daß dadurch die Spannung im Salon unangenehm gesteigert wird, muß durch gewisse steife Gebärden aller, die mitspielen, angedeutet werden. Plötzlich, wie von einer unbewußten Furcht gepackt, eilen die Liebenden, hell auflachend und gestikulierend ab, indem Madame ihren Jungen am Arm hinauszieht. Der Greis ist allein.

Nun setzt das Orchester ein. Es ist wie wehmütige Musik, die in ihrer Weise Anläufe zur Lustigkeit und zum Vergessen aufweist. Die Letzteren sind jedoch nur momentan, gleichsam aufflackernd und hinsterbend. Monsieur's Gesicht und Haltung ist die sprechende Begleitung zu der Musik. Seine Kopfbewegung deutet Seufzer an, wogegen seine feinen weißen Hände wie ein übermütiges Gelächter umhertanzen. Seine Füße bewegen sich leise hin und her. Diese Bewegung soll ihn bis zur Zigarettenschachtel hinführen, wo er sich eine anzündet. Er tut es zitternd und zwei-, dreimal. Er lächelt stolz und wehmütig dazu. Er deutet mit der schönen Hand auf seine weißen Haare, und in sein großes altes Gesicht und dann – auf sie selbst, die Hände. In dem Augenblick schweigt die Musik. Ihr letzter Takt ist ein groteskes Aufseufzen. Hier läuft der

Alte tanzend und hüpfend gegen die Kulisse zu, unter welcher die Vorigen verschwinden, und droht heftig mit den Fäusten hinein, dann aufmerksam geworden, als sähe er seinen Gegner drinnen, wurzelt er fest auf dem Boden, um gleich darauf wie wahnsinnig umherzustreichen. Dieses Umherstreichen ist ein Tanz wie von einer Katze: Überaus geschmeidig und schön, geschwind und weich, wie das Fallen und Steigen von Wellen. Er tanzt und während er sich so ganz vergißt, schleichen zwei furchtsame Gestalten hinein, halb frech, halb scheu, und deuten höhnisch auf den Herumstreichenden, Herumfliegenden. Nun steht der Alte plötzlich still. Er horcht. Es ist, als horche er auf das bösartige Lauern hinter ihm. Er sperrt den Mund auf, wie es Horchende tun. Dann, wie von einer plötzlichen, unnatürlichen Müdigkeit ergriffen, legt er sich, einem schmeichelnden Tier gleich, auf den Divan, der in der Szene liegt, schüttelt den Kopf und schlummert ein. Man hört seine Atemzüge. Die beiden beugen sich unter frechen höhnischen Gebärden über ihn, sehen, daß er schläft und lachen lautlos auf. Dieses Gelächter wird eingetanzt. Es ist ein träger, wollüstiger frecher Tanz, jedoch nicht unanständig. Er drückt Entzücken aus und ist aus diesem Grunde nicht unartig, ja sogar recht wohlig und schön anzusehen. Es wird mehr mit Lippen, Augen und Nasennüstern getanzt als mit Füßen, Armen und Körpern. Das scheint wenigstens so. Es liegt Geilheit in ihrem Reigen, aber nicht solche, die nicht schön anzusehen wäre. Endlich, nachdem sie ermüdet scheinen, fallen sie sich in die breitgeöffneten Arme und küssen sich. Und küssen sich viele viele Male. Wenn man sie sich nun so entzückt lieben und streicheln sieht, muß man ihnen verzeihen, da das schön ist. Die Musik setzt ein: schüchtern, leise, leise. Es ist wie ein Versuch zum Einsetzen, nicht wie ein Einsetzen selbst. Unter überaus schlichten, lieben, liedartigen Klängen erwacht Monsieur. Der Alte reibt sich verwundert die Augen, sieht schlaftrunken umher, besinnt sich, erhebt sich, tut so, als ob er alle Schwachheit und Müdigkeit abschüttle und geht auf das Paar zu, welches ihn, nachdem es aufgehört hat, sich zu liebkosen, kalt und unfreundlich ansieht. Madame streckt mißmutig Monsieur ihre süße perlenbehangene Hand dar, die derselbe, indem er demütig vor ihr niederfällt, an seinen Mund drückt, lange so gepreßt hält und nicht müde wird, immer wieder innig an seine fiebernden Lippen zu ziehen. Madame ist ungehalten darüber. Charles sieht den Daliegenden verächtlich von oben an. Nun hebt ein merkwürdiges Schauspiel an: der Alte, die Haltung der beiden prüfend, steht langsam und vorsichtig auf, schleicht sich bis zu dem Tischchen, nimmt dort die Pistole zur Hand und zeigt sie unter einer einfachen und edlen Gebärde dem jungen Mann. Dieser lacht und zuckt die Achseln. Madame wendet sich, angeekelt von dem Auftritt, verächtlich lächelnd ab. Der Greis zeigt und präsentiert immer die Pistole. Charles spuckt darauf. Monsieur sieht traurig und mitleidig zu ihm auf: so als wollte er sagen: »Adieu, mein Freund! Jetzt bist du verloren! Armer Kerl!« Charles, unter dem Eindruck der Augen, die ihn so lebhaft bedauernd anschauen, verliert plötzlich die Fassung, zittert, taumelt, bittet durch Gebärden Madame um eine Zigarette, zündet sie an, wirft sie wieder fort und steht ratlos und kleinmütig da. Er sagt mit den Händen, daß er sich empfehlen möchte. Er dreht sich um, und sucht seinen Hut, oder sonst etwas. Es ist schrecklich, seine Verlegenheit mit anzusehen. Die Zuschauer empfinden das. Alle Augen werden jetzt auf das Benehmen des Alten gerichtet sein. Dieser legt sich, die Pistole in der Hand, einfach und ruhig auf den Divan, zieht gemütlich die

Beine hinauf, schaut immer ruhig seinen Gegner an, so liebreich, so besorglich, wie er seinen besten Freund nicht würde angesehen haben. Sein Auge sagt: »Wie ist dir, Lieber? Was könntest du etwa wünschen? Was müssen wir dir geben, das dir wohl tun kann?« Madame serviert Charles eine Tasse kalten Tee, den er gewünscht hat. Sie beobachtet scharf beide: den Alten, was er etwa tun könnte, und den Jungen: an was es ihm noch etwa fehlen möchte! – Jetzt zielt der Greis ruhig auf des Trinkenden Gesicht, drückt ab, ein Schuß, ein Rauch, ein Schrei (oder vielleicht besser kein Schrei). Charles stürzt zusammen, die Teetasse klirrend zu Boden stürzen lassend, er ist tot. Der Alte legt behutsam die Waffe zur Seite, so als suche er jedes auch nur winzige Geräusch zu vermeiden, steht dann auf und stellt sich seiner Frau gegenüber. Diese ist leichenblaß. Der Tote ist mäuschenstill wie ein Toter. Süßes Anklingen einer oder zweier Geigen. Pause: ein langes Anschauen mit großgeöffneten Augen.

Monsieur nimmt sich seine weißen Haare ab. Goldene leichte Locken werden sichtbar. Hierauf zieht er sich von seinem Gesicht ein Gesicht ab: das Gesicht des alten Mannes. Ein blühender Jünglingskopf ist nun sichtbar. Beides, den weißen Haarbüschel und die Greisenmaske wirft er ungeduldig doch nicht heftig zu Boden, der Frau zu Füßen. Schön steht er da, mit der leichten Haltung des Gebieters. Die Frau deutet auf den Toten: beide müssen lächeln. Sie wollen anfangen zu tanzen, entzückt zu tanzen. In dem Augenblick steht der Tote vom Boden auf und präsentiert sich lächelnd. Madame und Monsieur fahren erschreckt zurück. Der Tote jedoch geht traurig und langsam und sich tief vor ihnen verneigend hinaus. Recht wie ein ganz armer Teufel. Indem ihm die Erschrockenen nachsehen, die Arme wie abwehrend gegen ihn aufstrekkend, fällt der Vorhang.

(unveröffentlicht, vermutlich 1902)

SIMON

Eine Liebesgeschichte

Simon war zwanzig Jahre alt, als ihm eines Abends in den Sinn kam, er könnte so, wie er gerade im weichen, grünen Moose am Wege lag, fortwandern und Page werden. Dies sprach er sehr laut in die Luft hinauf zu den Tannengipfeln, welche, ich weiß nicht ob es wahr oder erlogen ist, ihre scheinheiligen Bärte schüttelten und ein stummes, tannzapfenartiges Gelächter anstimmten, welches unserem Mann auf die Beine half und ihn antrieb, sofort das zu werden, wozu ihn eine unbändige Lust anfeuerte. Jetzt hat er sich erhoben und marschiert ins Blaue oder Grüne hinein, ohne sich um eine geographische Richtung zu kümmern. Kümmern wir uns ein wenig um sein Äußeres! Er hat lange, für einen angehenden anmarschierenden Pagen viel zu lange Beine, welche seinem Gang etwas Tölpelhaftes geben. Seine Schuhe sind schlecht, seine Hose ideal zerrissen, sein Rock voller Flecken, sein Gesicht ist ein unzartes Gesicht und sein Hut, um auf das oberste zu kommen, kommt langsam in eine Form hinein, in die ihn unsorgfältige Behandlung und geringer Stoff mit der Zeit bringen müssen. Er, der Hut, sitzt auf ihm, dem Kopf, wie ein verschobener Sargdeckel, oder wie der blecherne Deckel auf einer alten, rostigen Bratpfanne. Wirklich, der Kopf ist beinahe kupferrot und hat nichts gegen einen gebratenen Vergleich einzuwenden. An Simons Rücken (wir, die Erzählung, gehen jetzt immer hinter ihm her) hängt eine alte wüste Mandoline und wir sehen, wie er dieselbe in die Hand nimmt und darauf zu zupfen anfängt. O Wunder! Welch einen silbernen Klang birgt dieses alte magere Instrument. Ist es nicht, als wenn liebliche weiße Engel auf goldenen Geigen spielten! Der Wald ist eine Kirche und die Musik, welche tönt, wie die eines alten ehrwürdigen italienischen Meisters. Wie zart er spielt, wie weich er singt, dieser rohe Bengel. Wahrhaftig, wir verlieben uns in ihn, wenn er nicht bald aufhört. Er hört auf und wir haben Zeit, uns auf neuen Atem zu besinnen.

Wie seltsam, dachte Simon, als er aus dem Wald heraustrat und bald wieder in einen neuen hineinkam, wie seltsam, daß die Welt keine Pagen mehr hat. Hat sie denn etwa keine schönen, großen Frauenzimmer mehr? Wohl nicht, denn ich besinne mich, die Poetin unserer Stadt, der ich meine Gedichte zusandte, war dick, behäbig und majestätisch genug, um eines beweglichen Pagen zu bedürfen. Was tut sie wohl jetzt. Denkt sie wohl noch an mich, der ich sie anschwärmte? Mit solchen Gedanken und Empfindungen brachte er es ein Stück Weg weiter. Die Wiesen schimmerten, als er neuerdings aus dem Wald heraustrat, wie ausgeschüttetes Gold, die Bäume darauf waren weiß, grünlich, grün, und so saftig, daß er lachen mußte. Die Wolken lagen träge und breit am Himmel wie ausgestreckte Katzen. Simon streichelte in Gedanken ihr farbiges weiches Fell. Dazwischen lag Blau von wunderbarer Frische und Feuchte. Die Vögel sangen, die Luft zitterte, der Äther triefte von Wohlgerüchen und in der Ferne lagen felsige Berge, zu denen unser Bursche nun geradenwegs hinlief. Schon fing der Weg an zu steigen und schon fing es an, zu dunkeln. Simon griff wieder in die Mandoline, auf welcher er Zauberer war. Die Erzählung setzt sich hinten wieder auf einen Stein und horcht ganz verblüfft. Unterdessen gewinnt der Verfasser Zeit, auszuruhen.

Es ist ein mühseliges Geschäft, Geschichten erzählen. Immer hinter solch einem langbeinigen, mandolinenspielenden romantischen Bengel herlaufen und horchen, was er singt, denkt, fühlt und spricht. Und der rohe Schurke von Page läuft immer und wir müssen hinter ihm herlaufen, als ob wir wahrhaftig des Pagen Page wären. Hört weiter, geduldige Leser, wenn ihr noch Ohren habt, denn jetzt machen bald verschiedene Personen ihre untertänigsten Reverenzen. Es wird lustiger. Ein Schloß zeigt sich; welch ein Fund für einen burgruinensuchenden Pagen. Nun zeige deine Kunst, Kind, oder du bist verloren. Und er zeigt sie. Er singt die Dame an, welche sich auf dem Balkon im ersten Stock zeigt, mit so süßer, lügenhafter Stimme, daß das Herz der Dame notwendigerweise gerührt wird. Wir haben ein dunkles, märchenhaftes Schloß, wir haben Felsen, Tannen, Pagen, nein, nur einen Pagen, ja, unsern Simon, welcher in diesem Augenblick alle lieblichen Pagen der Welt in seiner zierlichen, oben beschriebenen Person vereinigt. Wir haben Gesang und Mandolinenton, wir haben Süßigkeit, welche der Knabe seinem Instrument zu entlocken weiß. Es ist bereits Nacht, Sterne schimmern, Mond brennt, Luft küßt, und wir haben, was wir unbedingt haben müssen, eine milde, weiße, herablächelnde Dame, welche mit der Hand heraufwinkt. Der Gesang hat im Herzen der Frau Platz genommen, denn es ist ja ein so einfacher, lieber, süßer Gesang. »Komm herauf, lieber, süßer, schöner, gefühlvoller Knabe!« Wir hören noch das Jubilieren, das Schluchzen vor Freude, das einen kurzen Augenblick aus der Kehle von dem glücklichen Kerl die Nacht durchdringt; wir sehen seinen Schatten verschwinden, und nun ist draußen alles Stille und Schatten.

Der Verfasser grübelt nun aus seiner gequälten Phantasie hervor, was seine Augen nicht mehr sehen dürfen. Die Phantasie hat durchdringende Augen. Keine zehnmetrige Mauer, kein noch so schwarzer giftiger Schatten hemmt ihren Blick, der Mauern und Schatten wie ein Netz durchsieht. Der Page flog die breite, teppichbelegte Treppe hinauf und wie er oben ankam, stand seine gnädige Herrin im schneeweißen Kleid am Eingang und zog Simon mit der Hand hinein, auf welche derselbe seinen heißen Atem hauchte. Alle die Händeküsserei zu beschreiben, die nun folgt, erlasse man uns. Keine Stelle der schönen Arme, Hände, Finger, Fingernägel blieb von den gierigen roten Lippen ungeküßt, und diese Lippen schwollen ganz auf bei dem galanten Geschäft. Deshalb, jetzt merken wir, haben Pagen stets solche wie zwei Seiten eines Buches aufgeschlagene Lippen. Lesen wir ruhig, was die Sprache darin weitererzählt.

Die Frau, nachdem sie dem Knaben Einhalt geboten, erzählte ihm in vertraulicher Weise, etwa so, wie man zu einem klugen anhänglichen und treuen Hund spricht, daß sie sehr einsam sei, daß sie nachts immer auf dem Balkon stehe, daß die Sehnsucht nach einem unsagbaren Etwas sie keine angenehme gedankenlose Stunde verbringen ließe. Sie strich Simon das rauhe Haar von der Stirne weg, berührte seinen Mund, tastete an seinen glühenden Wangen und sagte mehrere Male hintereinander: »Lieber, guter Knabe! Ja, du sollst mein Diener, mein Knecht, mein Page sein. Wie hübsch du gesungen hast. Wie treu deine Augen sehen. Wie schön dein Mund lächelt. Ach, einen solchen Knaben wünschte ich mir schon lange zum Zeitvertreib. Du sollst um mich herumspringen wie ein Reh und meine Hand soll das zierliche kleine unschuldige Reh streicheln. Ich will mich auf deinen braunen Leib setzen, wenn ich müde bin. Ach ...« Hier errötete denn doch die hohe Frau und sah lange verschwiegen in einen dunklen Winkel des Zimmers, welches sehr prächtig schien. Dann lächelte sie wohlwollend und stand, wie sich selbst beruhigend, auf und nahm beide Hände Simons in eine von den schönen ihrigen. »Morgen kleide ich dich als Pagen an, lieber Page. Du bist müde, nicht wahr?« und lächelte und aus dem Lächeln küßte ihm gute Nacht entgegen. Sie führte ihn hinauf in einen, wie es schien, hohen Turm, in ein kleines, reinliches Gemach. Dort küßte sie ihn und sagte: »Ich bin ganz allein. Wir wohnen hier ganz allein. Gute Nacht!« und verschwand.

Als Simon am folgenden Morgen hinunterging, stand die weiße Frau, wie wenn sie schon lange geduldig wartete, an der Türe. Sie reichte ihm Hand und Mund und sagte: »Ich liebe dich. Ich heiße Klara. Nenne mich so, wenn du mich begehrst!« Sie gingen in ein kostbares, ganz mit Teppichen ausgefüttertes Zimmer, welches eine Aussicht in einen dunkelgrünen Tannenwald hatte. Hier lagen auf der reichgeschnitzten Lehne eines Stuhles schwarzseidene Pagenkleider. »Diese ziehe nun an!« – O, was für ein dummglückliches ehrlichbegeistertes Gesicht muß nun unser Kaspar, Peter oder Simon machen! Sie deutete ihm, sich darin umzukleiden, ging schnell hinaus, kam lächelnd nach zehn Minuten wieder hinein und fand Simon als den schwarzseidenen Pagen wieder, wie sie sich in träumerischen Stunden wohl einen solchen mochte phantasiert haben. Simon sah sehr hübsch aus in dem Kleid; seine schlanke Gestalt paßte vorzüglich in die enge Gefangenschaft der Pagentracht. Er benahm sich auch sofort sehr pagenmäßig, schmiegte sich schüchtern und doch unbewußt an den Leib der Frau. »Du gefällst mir«, lispelte sie. »Komm, komm!«

Sie spielten nun Tag für Tag Herrin und Page, und befanden sich wohl dabei. Simon war es ernst. Er dachte, er habe nun seinen eigentlichen Beruf gefunden, worin er auch sehr recht hatte. Ob es der gnädigen Frau mit ihrer Gnade ernst war, daran dachte er keinen Augenblick, und darin hatte er auch wieder sehr recht. Er nannte sie Klara, wenn er um ihren wollüstigen Leib dienend beschäftigt war. Er fragte sonst nichts, denn das Glück, o Leser, hat keine Zeit zum lange Herumfragen. Sie ließ sich ruhig, als wie von einem Kind, von ihm abküssen. Einmal sagte sie zu ihm: »Du, ich bin verheiratet, mein Mann heißt Aggapaia. Nicht wahr, ein teuflischer Name. Er wird bald zurückkehren. O, wie fürchte ich mich! Er ist sehr reich. Ihm gehört das Schloß, die Wälder, die Berge, die Luft, die Wolken, der Himmel. Vergiß den Namen nicht. Wie heißt er schon?« Simon stotterte: »Akka – –, Akka – –.« »Aggapaia, mein lieber Knabe. Schlafe ruhig darauf aus. Der Name ist kein Teufel.« – Sie weinte, als sie dies sagte.

Es vergingen wieder einige Tage und als eine Woche oder zwei verlebt waren, saßen sie, Frau und Page, eines Abends, als es schon dunkel zu werden begann, auf dem Balkon des Schlosses. Die Sterne funkelten wie verliebte Ritter hinunter auf das seltsame Paar: die modern gekleidete Frau und den spanisch kostümierten Pagen. Der griff, wie er immer abends zu tun pflegte, in die Saiten seiner Mandoline, und die Erzählung streitet mit mir über den Punkt, was süßer gewesen sei, das Spiel der behenden Finger oder die stillen Frauenaugen, welche auf den Spieler herabsahen. Die Nacht schwebte wie ein Raubvogel umher. Das Dunkel nahm zu, da hörten sie beide einen Schuß fallen im Wald. »Er kommt, Teufel Aggapaia ist in der Nähe. Bleibe ganz ruhig, Knabe! Ich stelle dich ihm vor. Du hast nichts zu fürchten!« Dennoch runzelte, die dies gesagt hatte, die Stirn, ihre Hände zitterten, sie seufzte und mischte ein kurzes Lachen unter die Flut von Beängstigung, welche sie zu verbergen bemüht war. Simon betrachtete sie ruhig; unten sagte jemand: Klara! Die Frau antwortete mit einem lieblich klingenden, sonderbar hohen »Ja«. Die Stimme erwiderte und fragte: Wen hast du da oben bei dir sitzen? »Mein Reh ist's; mein Reh!« Wie das Simon hörte, sprang er auf, umarmte das zitternde Weib und schrie hinunter: »Ich bin's, Simon! Mehr als zwei Arme braucht es nicht, um dir zu beweisen, du Schurke da unten, daß ich ein Bursche bin, der nicht mit sich Spaß treiben läßt. Komme nur herauf, ich stelle dir meine geliebte Herrin vor!« Teufel Aggapaia, welcher wohl merkte, daß er im Augenblick ein sehr dummer, hintergangener, gehörnter Teufel sein müsse, blieb unten stehen, scheinbar, um den Angriff zu überlegen, den eine so gefährliche Lage, wie die, vor welcher er stand, erforderte. »Ein blinder, kalter, achselzuckender, frecher Schuft da oben. Meine Überlegenheit ist zweifelhaft. Ich muß überlegen, überlegen, überlegen.« Die Nacht auch, das seltsame Benehmen der Frau, die Stimme des »Buben da oben«, das rätselhafte Etwas, wofür der Teufel kein Wort fand, hießen den Teufel blindlings überlegen. Überlege, wimmerten die Sterne, überlege, schnarrten die Nachtvögel, überlege, schüttelten unklar und doch deutlich genug die Tannengipfel heraus ... »Er überlegt«, sang siegesfroh des Pagen frische Stimme. Er überlegt noch heute, der arme, schwarze Teufel Aggapaia. Er klebt an seiner Überlegung fest. Simon und Klara sind Mann und Weib geworden. Wie? sagt später einmal die Geschichte, welche hier atemringend der Ruhe bedarf.

(1904)

IM MONDSCHEIN

Ich dachte gestern nacht,
die Sterne müssen singen,
als ich aufgewacht
und es leise hörte klingen.

Es war aber eine Handharfe,
die durch die Räume drang,
und durch die kalte, scharfe
Nacht klang es so bang.

Dachte so verlornem Ringen,
Gebeten und Flüchen nach,
und noch lange hört' ich es singen,
lag lang noch wach.

(1907)

LUSTSPIELABEND

Ich saß auf der Galerie des Lustspielhauses zu Z..., das halbausgetrunkene Bierglas neben mir, den Zigarrenstengel zwischen den Zähnen, neben Studentinnen, Arbeitern und dikken Weibsbildern. Die Luft war schon fast zum Ersticken. Die gipsenen Engel am Plafond des Theaters schienen zu schmachten und zu schwitzen. Ab und zu beugte ich mich über die Brüstung herunter, um zu sehen, was unten los sei. Dort unten saßen an Tischen, dick ineinandergedrängt, junge bessere Leute, Korrespondenten aus Bankhäusern, Studenten mit noblen Schmissen in den Stehkragengesichtern, ältere, feine Herren, die das Leben lieben, und Damen aus anscheinend guter Familie. Auf dem Balkonrang in rotsamtnen Sesseln saß die ganz gute Welt, ich glaubte einige mehr oder weniger ehrwürdige Literaten unterscheiden zu können, unter anderen einen Redakteur, einen Kerl, der sonst immer mit »belletristischen Spaziergängen« aufrückte. Ich kannte ihn ein bißchen. Er sah einem guten braven Schweinemetzger ähnlich, mochte aber trotzdem zu den Feineren zählen. Prachtvolle Damenhüte gab es da, und edle, lange, an den Arm angepreßte Handschuhe bis über die üppigen, biegsamen Ellbogen hinaus. In der Mitte der Saaldecke hing ein Kronleuchter herunter und warf strahlendes Licht auf die Menschen. Da donnerte einer mit kurzen, harten Schlägen auf das Klavier, daß es wie eine mächtig-klangvolle Orgel erbrauste. Der Klavierspieler hatte lange, schwarze, wellige Locken auf dem Kopf und ein schönes Profil am Gesicht. Es kostete nichts, es dürfen betrachtet zu haben. Das herrliche Klavierspiel war der unsichtbare, großbeflügelte, ernste Engel, der mit seinem Gefieder leise an die

Sinne der Zuschauer und Zuhörer anschlug. Und dann ging der Vorhang in die Höhe, und das Lustspiel wurde abgehaspelt, als ob es ein Strang Baumwolle gewesen wäre, zwischen zwei Hände gestreckt, daß man es abwinde. Es wurde milliönisch flott gespielt. Der Direktor selber spielte die Hauptrolle. Während der Pausen versank ich jedesmal in tönende Träumereien. Es war mir, als wären die nackten, kühnen, steinernen Figuren zu beiden Seiten der Bühne auf ihren Postamenten lebendig geworden. Eigentlich müßte das alles überflüssig gewesen sein. Das Klavier spritzte mich immer mit Tönen an, hol's der Teufel, ich sah die schlanken Hände des Schlägers und Spielers auf den weißen Tasten auf- und niedertanzen, ich hätte mit dem größten Vergnügen eine halbstündige Pause gehabt. Unter mir, auf dem Balkon, putzte sich eine ältere Dame mit ihrem rasend bespitzten Taschentuch die Nase. Ich fand alles schön und unendlich zauberhaft. Die Kellner fragten, ob Bier gefällig sei. Diese schnurrige Frage kam mir so sonderbar vor. Was waren das für Menschen, die derart an die Leute herantreten und fragen konnten, ob man wünsche, etwas zu trinken? Einer der Kellner hatte ein reines, borstiges Schnurrbartgesicht, man sah nur den großen, gewichsten Schnurrbart und dazwischen ein Paar große, dunkelglühende Augen. Sie schimmerten wie Lichter aus einem Waldesdunkel heraus. Ein anderer war bartlos und krankhaft blaß und elend mager im Gesicht, daß ihm die Backenknochen wie Klippen eines Felsenufers vorsprangen. Diesem nahm ich ein Glas Bier ab, bezahlte sofort und steckte mir einen neuen Zigarrenstumpen in den Mund. Da warf mir das Klavier eine neue, machtvolle Welle ins Gesicht, an die Brust, in die Rockärmel hinein, daß ich glaubte, mich nach einem Handtuch umschauen zu müssen, um mich abtrocknen zu können. Aber die Strahlen des gelblichschimmernden Kronleuchters hatten das schon besorgt, ich brauchte keine Angst zu haben. Da gab es wieder Momente in der Pause, wo ich meinte, meine beiden Augen seien lange, dünne Stangen geworden und hätten die Hand einer der unter mir sitzenden Damen berühren können. Aber sie schien nichts zu merken, sie ließ mich machen, und was ich tat, war doch so unverschämt. Dicht neben mir saß ein herrschaftliches Dienstmädchen, ein lieb aussehendes, kleines, zierliches Ding, ich fragte sie, wie sie heiße, sie sagte es leise. Eigentlich sagte sie es mir mehr mit den Augen und mit ihren beiden hochrotglühenden Wangen, als mit dem Mund. Sie hieß Anna. Ich bestellte ihr ein Glas Bier und blies ihr Rauch ins Gesicht, um sie lachen zu machen. Wie ihre Augen schwarz und feucht glänzten, es war, als schimmerten zwei kleine Kügelchen aus schwarzem Silber. Unten auf dem Balkon saß die Baronin Anna von Wertenschlag, auch eine Anna, aber eine ganz, ganz andere. Von dem Hut der Baronin fielen lange, geschweifte Federn rückwärts wie sterbende Vögel. Sie zitterten, als ob sie ein leises, unsagbares, menschliches Weh empfunden hätten. Die Frau saß in einem tiefschwarzen Kleid, das gegen unten mächtig gebogen und gebauscht war, Platz für dreie oder viere einnehmend, zwischen zwei jungen, aber, wie es den Anschein hatte, wenig gefährlichen Kavalieren. Sie schien in Gedanken versunken. Da ging der Vorhang wieder auf, und das lustige, kammerzöfliche Stück lispelte weiter. Auf der Bühne geschah es, daß eine reich gewordene Bürgersfrau einer armen Adligen die vornehm ausgestreckte, lässig dargehaltene Hand küssen mußte, weil es die althergebrachte, schöne Sitte erforderte. Nachher aber, wie die Dame von Stand verschwunden war, spottete die Bürgerliche, und gewiß nicht ohne Berechtigung, und spuckte verächtlich auf den

Teppich des gräflichen Empfangszimmers aus. Dieses Benehmen erweckte von der Galerie herab ein stürmisches, Sympathie kundgebendes Gelächter. Einer schrie sogar Bravo, das mochte ein adelsfeindlicher Republikaner gewesen sein. Von den unteren Regionen kehrte sich manches Gesicht erstaunt und ein wenig ärgerlich nach oben, zu sehen, wer der Pöbelianer sei, dessen Beifall ein so wenig passender und so überlauter war. Aber die Untensitzenden sollten ihren Ärger denn doch lieber ein wenig zurückgehalten haben, denn schon der nächste Augenblick bewies, daß es auch unter ihnen Pöbelhelden gab. Der Direktor als Ehegatte trat auf, da schmeißt einer der fabelhaft gut angezogenen Studenten, der mit seiner Nase beinahe an die Rampe anstößt, irgendeinen Witz auf die Bühne. Es wird gelacht, und es wird freundlichst angenommen, den Künstler werde es zu einem höflichen Mitlächeln zwingen. Davon aber war keine Spur, der Direktor, mit der Zornesröte im Gesicht und mit dem Zittern des heftigsten Unwillens in der Stimme, wandte sich mit folgender, von verachtungsvollen Gebärden begleiteter Ansprache an das Publikum:

Meine Damen und Herren (was will er, was hat er, was ist hier unten? dachten wir erhöhten Galeriemenschen). Sie haben soeben gehört, wie man mich beleidigt hat. Wäre es einesteils nicht eine Bande von unreifen Buben (die ganze Galerie streckte die Hälse vor), und wären es andernteils nicht respektgebietende Menschen, die ich da, Kopf an Kopf vor mir sehe, beim Erdenhimmel, ich wollte nicht daran denken, daß ich ein Tiger sei, nein, ich wollte als Mensch in die Rotte hineinspringen, um sie, der ganzen elendiglichen Reihe nach, in die unterste Hölle hinunterzuohrfeigen. Ich habe vieles gesehen und vieles in meinem Künstlerberuf erduldet, wenn mich aber, der ich nun, ein alternder Mann, bald an das Ende meiner

Laufbahn angelangt bin, ein junger Affe anspuckt – Verzeihung ...

Und er spielte weiter. Nie wieder in meinem späteren Leben habe ich noch einmal solch eine prachtvoll-seelenvolle Zurückdrängung der persönlichen Wut gesehen. Im ganzen Theater war es pips-mäuschenstill geworden. Ich hätte darauf schwören mögen, die Herzen der Zuschauer pochen gehört zu haben. Nach und nach vergaßen alle den unfeinen Auftritt. Der fragliche Student schien sich erhoben und geräuschlos aus dem Staube gemacht zu haben, wozu er gewiß alle nur denkbare Veranlassung hatte. Annas Brust hatte sich auf und niedergehoben vor Erregung, jetzt lächelte sie. Das Stück war so friedlich, so wiänerisch, gutes, altes, solides Fabrikat. Es spickte wie aus Spickröhrchen eine Anzahl junger Mädchen aufs Tapet, die alle einen Mann haben wollten und schließlich, das ahnte man schon, auch einen kriegen würden. Schneidige Bureaulisten scheichelten in Sommerhüten, mit Spazierstökken bewaffnet, umher und hatten so zuckersüße Manieren und so gewählte Worte. Ein Husar in angespannten Hosen und herrlichen Stiefeln machte viel Wesens von sich. Bald war es ein Garten, bald ein ärmliches Zimmer, bald eine Landstraße, bald ein hochherrschaftliches Kabinett, worin gespielt wurde. Um ihm Achtung zu bezeigen, überwarf man den Direktor mit Beifall; das war natürlich dumm und ein wenig roh, und doch dürfte es dem Mimen geschmeichelt haben. Diese Leute wissen ja schließlich zu unterscheiden und haben dabei ihre eigenen Gedanken. Dann gab es wieder eine Pause, und wieder bekam ich eins über den Schädel von der Musik, daß ich ganz wie von selber den Mund auftat, um hinzuhorchen. Anna, das Dienstmädchen, plauderte von den Gewohnheiten ihrer Herrschaft, wobei sie natürlich die Lächerlichkeiten bevorzugte, ich hörte ganz der Musik zu und dazwischen noch halb und halb dem Geplauder. Die Hitze kam wieder, um sich an den Stirnen und unter den Achseln beklemmend anzumelden. Die Kellner sammelten die Biergläser ein, ziemlich unwirsch, und unten um die breitröckige Anna von Wertenschlag herum säuselten und scharwenzelten und tanzschrittelten sie, die Halunken, die wohl wußten, wo's etwa Trinkgelder geben mochte. Die ganze Galerie schwitzte, kochte, dampfte und dunstete. Die dicken Weibsbilder klebten bereits mit ihren Röcken und Unterröcken an den braunlackierten Klappstühlen an; sie sagten es sich und schrien vor Schreck und Genugtuung. Viele wischten sich den Schweiß von der Stirn ab. Anna von Wertenschlag hob den Kopf in die von Gesichtern gesprenkelte Höhe. Welche wundervollen Augen! Dann kam der letzte Akt, und dann ging es nach Hause. Während des Hinaustretens spielte noch einmal der Klaviermann. Die Treppen erbebten unter den hinabpolternden Schritten. Welle auf Welle floß es mir nach, so schön, so groß und so melodiös gute Nacht und auf baldiges Wiedersehen sagend. Draußen regnete es. Die Baronin stieg in den Wagen, und die Kutsche rollte davon.

(1907)

KNABENLIEBE

Das schöne Mädchen kam vorbei,
er kniete, als es langsam kam,
er kniete, und er sang es an
mit einem Lied zum Saitenspiel;
er trug ihr seine treue Lieb'
mit Wehmut und mit Lächeln vor;
sein Herz klang scheu im Saitenspiel,
das zitternd wie die Liebe klang,
sein Auge sah das Mädchen an,
die Zähne schimmerten im Mund,
mit dem er bebend, flehend sang.
Das Liebeslied ging nicht zu End';
endlos, wie seine Liebe, drang
aus ihm heraus der warme Ton.
So trug er seine Sehnsucht vor,
die Luft war lieb- und sinngeschwellt,
der blaue Himmel sah herab,
das Mädchen aber floh davon,
es war verschwunden, aber schon
starb auch der leise Liebeston.

(1908)

LEBENDES BILD

Ein großstädtischer Hof, vom Mond beleuchtet. Mitten im Hof eine eiserne Kiste. Eine Partie Gesang von innen her in den Zuschauerraum tönend. Ein Löwe an einer Kette angebunden. Ein Schwert neben der Kiste. Eine dunkle, unerkennbare Gestalt etwas weiter davon entfernt. Der Gesang, das heißt, eine junge, schöne Frau, beugt sich oben zu einem lampenerhellten Fenster hinaus, immer weiter singend. Es scheint entweder eine gefangen gehaltene Prinzessin königlichen Ursprungs oder eine Opernsängerin zu sein. Zuerst ist der Gesang wie eine schlichte, ziemlich schülerhafte Gesangsübung gewesen, aber nach und nach erweitert und verbreitert er sich zu was Großem, zu was Menschlichem, er ist hinreißend, er klagt, dann wieder scheint er sich im eigenen Schmerz zu gefallen. Dieser Gesang reißt das Fenster auseinander und gibt der Luft eine schöngebaute Treppe zum Hinuntersteigen. Die Frau kommt hinunter, aber immer noch singend. Aus der eisernen oder stählernen Kiste taucht jetzt ein Mannskopf hervor, furchtbar blaß und von schwarzen, wilden Haaren umrahmt. Die Augen des Mannes reden die stumme Sprache der Verzweiflung, der breite, man darf wohl sagen: volkstümliche Mund lächelt, aber was ist das für ein schreckliches Lächeln? Der Zorn und der Gram scheinen es in jahrelanger Übung still zusammengebaut zu haben. Die Wangen sind eingefallen, aber das ganze Gesicht drückt unaussprechliche Güte aus, nicht solche, der es leicht geht, sondern solche, die das Schwerste erfahren hat. Die Sängerin setzt sich unter einer unnachahmlichen Bewegung auf den Rand der Kiste, die Hand legt sie wie liebkosend auf den Kopf des Eingeschlossenen. Der

Löwe rasselt mit der Kette. Ist hier alles, alles gefangen? Laß sehen. Wirklich, auch das Schwert am Boden rührt sich in keiner Weise, aber es lebt, denn es gibt jetzt einen kurzen Ton von sich, es seufzt. Was ist das für ein Zeitalter, das Künstlerinnen zu Löwen wirft, neben eine klirrende Kette, vor ein seufzendes Schwert, an die Seite von Leuten, die die sonderbare Laune haben, in eisernen Kasten zu wohnen? Plötzlich stürzt der Mond von seiner unermeßlichen Höhe in den Hof hinab, der Frau vor die Füße. Diese setzt den Fuß auf die blasse, schimmernde Kugel und bewegt sich solchermaßen rund um die Kiste herum. Da zerteilt und zerlegt sich der Mond in ein weites Gewand, oder in eine Art Teppich, oder in eine Schicht weißlichen Nebel, die Häuser, die den Hof bilden, verschwinden, blendend weiße Alpengipfel steigen aus dem Abgrund der Bühne langsam in die Höhe, der Nebel legt sich den Alpen zu Füßen, ein rötlicher Stern schießt aus der bläulichschwärzlichen Luft herab in die Haartracht der Sängerin. Dieser Schmuck ist blendend, aber in diesem Moment entsteigt der Kiste eine hohe, dunkelgrüne Tanne, und der Mann steht, mit einer prachtvollen Rüstung bedeckt, unter den Ästen dieser Tanne, aber noch mehr: da, wo ein Löwe an der Kette gerissen hat, steht jetzt ein zierlicher Tempel von altgriechischer Bauart. Das Schwert hat, wie es scheint, Bewegung gefunden, denn es befindet sich wunderbarerweise jetzt in den Händen des Mannes, und dieser Mann! Worte wagen sich nicht an die Beschreibung seiner kräftestrotzenden Erscheinung heran. Er singt, oder irgend etwas um ihn herum scheint zu erbeben unter Klängen. Hinter den Bergen läuten die Glocken. Ein ferner, blauer See spiegelt sich in der Luft über den Häuptern der Darsteller formvollendet, aber verkleinert ab. Dem Bühnenboden entsprießen Gräser, Kräuter und Blumen, wir befinden uns, glauben wir, auf der üppigen Matte eines breiten Vorberges. Da kommt auch noch eine Kuh mit bim bam und bum bum und weidet friedlich. Ein Summen umhüllt alles. Aber wo ist die Sonne. Ei, unter dem Sonnigen vergißt man eben die Gegenwart der Sonne. Aber plötzlich legt sich eine schwarze, ungeheuerlich große Hand breitfingrig über das alles und erdrückt es. Hinab! donnert eine höllische Stimme, und wieder taucht der schwärzliche Hof auf, der Löwe brüllt, die Zeit steht etwas abseits von dem Gebrüll an einen Pfahl angelehnt, unerkennbar und totenstill, der Kopf des Mannes ragt zur Kiste heraus, er murmelt jetzt etwas, und der künstlerische Schmerz singt wieder zum Fenster hinaus. Dazwischen hört man das ferne, ferne Gezwitscher eines Vogels, wobei man an den See denken muß, der in der losen Luft gehangen ist. Das Schwert schlägt dumpf zu Boden. Und nun sinkt der Gesang der Frau zu der anfänglichen Gesangschule herab, der Mann duckt sich eilig und verschwindet vollständig in seiner eisernen oder gußeisernen Umgebung. Die dunkle Gestalt raucht eine Zigarette, als wollte sie sagen: das ist mein Kennzeichen. Sie gibt dadurch tatsächlich dem Bild eine andre Wendung, denn nach einer momentanen Dunkelheit blicken die Zuschauer in ein modern ausgestattetes Kaffeehaus, worin einzelne Leute gierig Zeitungen lesen. Sie tippen mit den Fingern auf Gedrucktes, lächeln fein und farblos dazu und rufen dann: Bitte zahlen, Ober! Der Löwe spaziert manierlich herein, hinter ihm die vermeintliche Prinzessin, auch der Mann kommt, eine »interessante Erscheinung«, dann das hübsch frisierte Schwert, dann der blauäugige See in ganz neuem Anzug, und bestellen alle hintereinander eine Tasse Kaffee und schwatzen miteinander.

(1909)

KUHSTALL

Ich war bei Bonn. Ich habe Bonn in seinem berühmten karierten Sherlock Holmes-Anzug gesehen. Der Anblick der gelbledernen Gamaschen, die er trug, hat mich erschüttert. Doch ich habe keineswegs die kühne Absicht, von Bonn zu sprechen, den ich auch als Edmund Kean im Stück von Dumas bewundern gelernt habe. Heute will ich mit des gütigen Lesers Erlaubnis vom Kuhstall reden, einem künstlerischen Sing-Sang- und Kling-Klang-Etablissement im Norden unserer lieben Stadt Berlin gelegen. Ich habe unter anderem im Kuhstall eine Schweizerin kennen und auf's Höchste schätzen gelernt, die dort als Kellnerin figuriert. Figuren gibt es im Kuhstall. Auch ich selbst bin im Kuhstall eine gerngesehene und mitunter sogar gefeierte Stammgastfigur. Wenn ich in das von ältlicher, halbgestorbener Eleganz durchduftete Lokal eintrete, erhebt sich der Wirt vom Platz, auf dem er Posten sitzt, und begrüßt mich auf das Zuvorkommendste, indem er mir eine überaus höfliche, weltmännische Verbeugung macht, was so viel zu bedeuten hat als ich soll ihm einen Cognac spendieren. O über das Betragen, welches ich im Kuhstall an den Tag lege. Es gleicht dem Betragen eines Fürsten Dolgorucki, eines Grafen Osten-Sacken, eines Prinzen Poniatowski. Der Künstlerschaft auf der kleinen dreieckigen Bühne, die wie im Unbestimmbaren und Ungewissen verloren in der Ecke klebt, gebe ich immer einen Stiefel. Was ein Stiefel in Lokalitäten, wie der Kuhstall eins ist, bedeutet, das werden wohl wenige literarisch geschulte Damen und Herren wissen. Ein solcher Stiefel ist ganz einfach eine Kanne Bier in Form eines gläsernen Damenstiefels, enthaltend gegen die zwei Liter. Die Musik, die im Kuhstall gemacht wird, ist oft ohrenzerreißend; dennoch liebe ich sie und träume von göttlich schönen Sachen, wenn sie mir in's Ohr schleicht, um es mir mit Melodien zu umstricken. Dem haarbuschigen bramarbasierenden Gesellen von Kapellmeister lasse ich jedesmal eine Erquicklichkeit auf sein Forte Piano setzen. Diese Annehmlichkeit, die er zu würdigen und im Übrigen ganz kunstvoll zu saufen, ah pardon, zu trinken weiß, besteht in nichts anderem als in diversen Gläsern voll Bier. Ja, ich muß sagen, ich lasse viel Geld im Kuhstall hinterliegen. Das angezahlte Kapital verzinst sich reichlich, und die Zinsen sind Lustigkeiten, die mir viel Vergnügen machen. Sonst bin ich ja ein ganz durchtrieben solides Männchen, aber manchmal, manchmal ... wenn's mir grad so drauf ankommt ...

(unveröffentlicht, vermutlich 1911)

DON JUAN

Das Theater war voll besetzt. Das Zeichen zum Beginn der Vorstellung ertönte. Der Vorhang ging in die Höhe. Nein, vorher tönte schon das Orchester mit seiner Ouvertüre, und jetzt erst ging der Vorhang in die Höhe, und Don Juan, der Verführer der Frauen, trat auf, und gar nicht lange dauerte es, und so zog er seinen Degen und rannte ihn dem schwächlichen Gegner in den Leib. Dies war der arme alte Vater, worauf nun, unter einem überaus melodiösen Geschrei, das einem das Herz zerriß, die Tochter herbeieilte, um am Leichnam des Erschlagenen niederzustürzen. Hierauf sang die verzweifelte Frau ein so schönes, in die höchsten Schmerzen steigendes Klagelied, daß den Hörern die Tränen in die Augen treten mußten. Und so wogte der Inhalt der Oper auf und ab, und Lichter schossen aus der Finsternis blendend hervor, und Geister tauchten, zum Entsetzen derer, die sie sahen, auf, und Augen wurden naß, und frevelhafte Worte wurden ausgesprochen, wobei die Musik bald zu tönen aufhörte und bald wieder mit Gesang und Klang von neuem einsetzte, um jedes Ohr zu bezaubern. Die Ohren, die das alles hörten, wurden von der Musik verwundet, um gleich darauf wieder, nur von einem neuen Strom von Musik, geheilt und erlöst zu werden. So wechselten der Tod mit dem Leben, die Erschöpfung mit der Erquickung, die Verwundung mit der Gesundung ab, und Bilder taten sich vor den Augen der Zuschauer auf, die sie, so sagten sie sich, nie wieder würden vergessen können. Die wunderbare Musik tröstete und beengte alle Seelen, betörte und beglückte alle Herzen. Und der schöne, edle, volltönende Gesang glich dem glücklichen Kind, das getragen und gehoben wird von den Armen der vielleicht noch viel glücklicheren Mutter. Und so strömte und loderte es gleich einer überanmutvollen, schreckenerregenden Feuersbrunst, und gleich einem in sich selber tosenden und in die Schlucht hinabstürzenden und brüllenden wilden Wasserfall. Dann wieder war es ein stilles, kaum hörbares Seufzen. Einige Zeit lang glich es einem süßen, liebevollen Anmutgeriesel oder wohltuendem Schneegestöber. Dann schien es zu sein, als regne es leise auf Dächer herab, worauf wieder ein gereizter gewaltiger Löwe zu brüllen schien, so daß Furcht und Schönheitsempfinden miteinander kämpften. Und immer war es getaucht in silberne, milde Mondesgroßartigkeit, daß man meinte, nicht ein Mensch, sondern ein himmlischer, erdenunabhängiger Engel müsse das alles erfunden und gemacht haben. Man dachte überhaupt, weil das Ganze eine so schöne Schöpfung war, nicht an eine Schöpfung, denn man hatte zu viel mit dem Bewußtsein des Genusses zu tun. Jagdhörner, Waldhörner klangen zwischen den Flöten, Klarinetten und elegischen Geigen, daß ganze rauschende, uralte Eichen-, Buchen- und Tannenwälder sich vor der Seele und vor dem musikdurchschauenden Auge auftaten. Und dann, was war dann? Dann, und so kam ja die herrliche, gnaden- und tonüberströmte Verzeihungsszene, wo die liebliche Zerline ihren Gatten um Verzeihung des Fehltrittes bittet, die gewährt wurde unter einem unsagbar schönen Gesang, wobei sie beide singen, die Verzeihliche sowohl wie der liebe gute Verzeihende. So versöhnten und verziehen sie sich, und man wußte gar nicht mehr, wo man war vor lauter Schwelgen und Träumen in wehmutvoll-empfindungsvollen Rätseln. In den Logen und Parketten schauten sich Gatte und Gattin, Bruder und Schwester, Freund und Freundin, Sohn und Vater, Tochter und Mutter in die Augen und nickten mit den gedankenvollen Köpfen. In einer Loge, wie in einem Lusthaus oder wie in einem Tempel, saß eine schöne Frau mit großen, schwarzen, leidenschaftdurchglühten Augen, die sich nicht verwinden konnte, eine Bewegung zu machen, als wolle und müsse sie an den sterblich schönen und süßen Tönen kranken und sterben, um im Schönheitsgenuß zu endigen. Und so vielleicht noch allerlei andere, weniger bedeutsame Personen. Oskar, der finstere Oskar, der Held der Epoche, in der er lebte, lehnte an einer goldenen Säule, und er mußte schaudern vor den Gewinnsüchtigkeiten und Schlechtigkeiten des Lebens, das er führte, da er so himmlisch Schönes und Wohllautendes hörte. Doch er verzog keine Miene seines harten Gesichtes, und er rührte kein Glied seines schlanken, wie aus schmiegsamem Eisen gebauten Körpers. »Komm auf mein Schloß, mein Leben« – so sang der verwilderte Kerl mit dem rabenschwarzen Bart im Wüstlingsgesicht. Doch wir scheinen vergessen zu haben, zu sagen, wie eine Dame, ganz in schwarz gekleidet, mit nicht endenwollendem Gram- und Schmerzgesang aus dem Hintergrund der Welt an das Licht hervortrat. Zuletzt, als alles nichts half bei dem Verworfenen und Verderblichen, öffnete sich feurig rot der Höllenschlund und verschlang den unverbesserlichen Bösewicht mit Gepolter, Gekrach und Geknatter. Die Musik spielte noch einige nachtragende Töne, und auf einmal war alles mäuschenstill, der Vorhang fiel nieder, und das Publikum ging nach Hause. An diesem Abend machte Oskar die Bekanntschaft der schönen Gräfin von Erlach, die die Männer liebte, um sie zu vernichten. In der Folge wußte er sich aber den schrecklichen Einflüssen dieser Frau zu entziehen, wozu ihm die näher mit den Dingen Vertrauten gratulierten.

(1912)

PAGANINI

Variation

Der Konzertsaal war dichtgedrängt voll von Menschen, da trat Paganini, die Geige in der Hand, hervor und fing ohne die mindesten Umschweife und Komplimente an zu spielen, indem er frei von der Seele weg phantasierte. Paganini wußte nie zum voraus, was und wie er spielen würde; ebensowenig musizierte er, als wenn er für ein geehrtes Publikum Musik machen sollte und wollte. Nein, er spielte wie für sich selber oder wie für niemanden; er spielte so wie es ihn packte, und einmal das Spiel begonnen, vergaß er, daß er spielte.

Auch diesmal war das so, auch heute, wo doch Fürsten und Fürstinnen im Saale saßen, um ihm zu lauschen, wußte er gar nicht, wo er war, spielte er, als spiele er für niemanden.

Aber gerade darum spielte er so schön. Er spielte, wie wenn er der Sklave seines Zauberspieles sei, und das Spiel der dämonische Zauberer. Nicht er selber war so sehr der Dämon, als vielmehr es, das Spiel, ganz allein, und er, der Spieler, der Unterjochte, darum spielte er, als sei er der blasse silberne Mond, der sich taucht in das mitternächtliche tiefe schwarze Wasser; als sei er der blitzende Stern am dunklen stillen Himmel; als sei er das Wort im Mund des Liebenden, redend zu der Geliebten; als sei er eine Nachtigall und wisse sich nicht zu lassen vor Lust am Klagen und süßen Seufzen, als sei er das stolze feurige Pferd und galoppiere in die Schlacht, als sei er der verwundete Krieger in der Schlacht und müsse sterben an seinen Wunden; als sei er wieder das sechzehnjährige Mädchen und träume von Liebe; als sei er der Kuß, gegeben und empfangen von zwei schönen zuckenden, fiebernden Lippenpaaren und ziehe sich in die Länge, als müßten zwei, die sich sterblich lieben, für immer grausam voneinander Abschied nehmen, am letzten feierlichen Kuß noch recht lange lechzend.

So spielte er, und die Zuhörer hatten Tränen in den Augen. Den bösesten Wüstling und Rohling überfielen Zartheiten, deren Gewalt er sich nicht erwehren konnte, die Männer vergaßen, daß sie Männer seien und überließen sich völlig dem Genuß des Horchens und Empfindens; und die Frauen fühlten sich geküßt und geherzt von einem eingebildeten Geliebten, der sinnlich überirdisch sich auf sie niederstürzte, ganz Liebkosung.

So spielte er. Gleich einem Engel spielte er, und viele Hörer deckten sich die Augen zu, um mit inneren Augen in das Reich der Seele, der Liebe und der strahlenden Schönheit zu schauen. Oftmals aber wieder wetterte und zürnte er wie das tobende, krachende, zischende und stürmende Ungewitter, der grollende, zürnende Donner rollte, und ein schwarzer, mit Zorn und Finsternis geladener Himmel sank in den Konzertsaal, und der Blitz zuckte jäh umher mit seinen schauerlich schönen, jähzornig-anmutigen Zickzacklinien. Unmittelbar darauf verlor er sich in süßen, sonnigen, goldenen Harmonien, daß die Leute meinten, sie seien in den Himmel gekommen und alles um sie her sei blau von Freude, Güte und Liebe. Dies war eine Art von allesumfassender Liebe, eine Art von Schwelgen und Schmelzen in Seligkeiten. Paganinis Musik glich oft einer hinreißend schönen Predigt, und die strenggläubigsten Leute besuchten gern sein Konzert, das einen Feuerstrom von Religion enthielt. Auch heute wieder spielte er wie ein Prediger des Wortes Gottes; nur waren es Töne, nicht Worte, und der Mund, mit dem er redete, war seine Geige, der er die ganze Tonwelt entlockte. Bald jammerte und bald jubelte er; bald loderte er wie das Feuer und bald zerfloß er wie weicher nasser Schnee unter dem Kuß der Sonne. Auf einmal war er das Meer; dann wieder glich er der keuschen schüchternen Blüte, aber immer war er wahr und groß und er spielte ohne alle Umstände. Die Musik war ihm wie das wogende Leben selber; wie hätte er da eitel sein können? Er litt ja unter der Kunst; sie war seine süße unerbittliche Herrin, der Felsen, den er zu erklettern, der Widerstand, den er zu besiegen, der Himmel, den er von neuem immer wieder zu erstürmen und zu erobern hatte.

Auch an diesem Abend war das wieder so: er lebte, indem er spielte und war ganz nur Mensch, wo er konzertierte. Alle, die ihm zuhörten, fühlten das. Wer gehässig und überdrüssig war, der fing an zu lieben und zu beten beim Anhören des wunderbaren Spieles, das in die Seelen strahlte wie Sonnenstrahlen. Die Abneigung mußte sich in Neigung, der Unmut sich in Mut, die Unlust sich in Lust und der Unsegen sich in Segen verwandeln. So bannte und bezauberte er das Publikum, sich selber bezaubernd. Erinnerungen machte er aufsteigen, und lange Zeit schon Totes und Verschüttetes erweckte er zum Leben; dafür war, wer ihm lauschte, ganz nur Aufmerksamkeit, ganz nur Ohr.

Da plötzlich, als sei er erwacht aus einem schönen Traum, endete er sein Spiel. Da war es den Leuten ums Herz, als sei die ganze Zeit über, während er gespielt hatte, der Himmel offen gewesen, und nun sei der Anblick ihnen wieder verloren gegangen. Still erhoben sie sich von den Plätzen und gingen nach Hause.

(1912)

PAGANINI

Obwohl dieses Spiel für immer dahin ist, und obwohl meine Ohren es niemals vernommen haben, so kann ich doch träumen davon, dichten und phantasieren und kann mir vorstellen und ausmalen, wie süß es geklungen haben muß, wie herrlich es geklagt, wie wunderbar es gejubelt und wie betörend es geschluchzt haben muß. Wo der Name Paganini ausgesprochen wird, hört man noch heute die Tonwellen auf und nieder rauschen, sieht man heute noch eine gespenstisch dünne und schlanke weiße Hand den Zauberbogen führen, glaubt man heute noch sein himmlisches Konzert zu hören. Dämonisch soll er gespielt haben auf seinem Seeleninstrument, auf der Herzengeige, und ich glaube es. Es gibt Dinge, an die man mit aller Gewalt glaubt, an die man glauben – will, und so glaube ich denn, daß Paganini zaubervoll spielte und daß er mit seinem Bogen umging, wie Napoleon mit seinen Armeen. Gewiß, eine kühne Vergleichung. Doch lassen wir das. Er spielte so schön, daß die Frauen ihre geheimsten Träume von den Herrlichkeiten der Liebe in Erfüllung gehen sahen, indem sie sich von den liebsten und schönsten Lippen geküßt, und zwar mit einer so großen Gewalt geküßt fühlten, daß sie vergehen zu müssen meinten. Es war nicht, als wenn Hände, nein, es war, als wenn die Liebe selber spielte; es war weniger der Gipfel der Geigenspielerkunst, obgleich es ein völliger Gipfel war, als vielmehr die bloße, große Seele, die ja aller und jeder Kunst erst die Weihe, den Klang und den Inhalt gibt. Dadurch, daß er spielte, als wenn er lachte, redete und weinte, küßte und mordete, eine Schlacht mitkämpfte und in der Schlacht verwundet wurde, ein Pferd bestieg und auf und davon jagte, oder als wenn er in unendlicher, unsagbarer Einsamkeit schwermütigen Gedanken nachhinge, oder als wenn er auf stürmischer See Schiffbruch litte, oder als wenn er zittere im Genuß eines wilden, unverhofften Glückes – war er dämonisch. Weil er einfach war, war er groß. Gütiger Leser, lächle, ich bitte dich, über alle diese, wie du sagen wirst, überreizten Einbildungen, doch höre weiter, wie er spielte, wie Paganini spielte. Mir ist es, als hörte ich ihn in diesem Augenblick toben, wüten, zürnen, schwelgen und spielen. Er spielte sein Spiel so herunter, daß die Hörer glaubten, er zerrisse die Tonwelt mit dem Bogen, um sie wieder zusammensetzen zu können, sich verlierend in Harmonien. Nachtigallen, arabische Feenschlösser, Nächte, von denen die träumerische Liebe träumt, Treue, Güte und engelgleiche Zärtlichkeiten wurden wahr durch seines Spieles mondscheinmilden Zauber, und das Spiel selber, welchem Fürsten mit Vergnügen lauschten, floß dahin, wie zerrinnender, unter dem Kuß der Sonne sich langsam, langsam auflösender Schnee, floß dahin wie ein musikalischer Honigstrom, sich verliebend in die eigene Hoheit, Schönheit und Flüssigkeit. So spielte er. Aber er spielte noch viel schöner, er spielte so, daß der Haß sich in Liebe, die Treulosigkeit sich in Treue, der Übermut sich in Wehmut, der Mißmut sich in Wonne, die Häßlichkeit sich in Schönheit und die Hartnäkkigkeit sich in süße, purpurn strahlende Freudigkeit, Freundlichkeit, Versöhnlichkeit und Willigkeit verwandelte. Goethe lauschte seinem märchenhaften Spiel, das ihn entzündete und bis tief in die große Seele entzückte. Je größer der war, der ihm zuhörte, um so höher und größer war auch der Genuß. Es ist dies ja das Geheimnis des Kunstgenusses überhaupt. Paganini wußte im voraus nie genau, wie und was er spielen wollte und würde; er ließ sich von den Tönen zu den Tönen, von den

Stufen zu den Stufen, von den Wellen zu den Wellen, von den Unbewußtheiten zu den goldenen Bewußtheiten hinreißen, derart, daß ihm das Geigenspiel wie eine stolze Palme aus dem Boden des Beginnens emporwuchs und größer und größer, schöner und schöner wurde wie ein breites, gedankenvolles, wollüstiges Meer. Ähnlich geht der Mensch durch das Leben, nicht wissend, was aus ihm wird, keimend oder fallend, je nachdem das Schicksal es will. So war sein Spiel ein schicksalhaftes, zwischen Wollen und Sollen schwebendes menschliches Spiel, das darum auch alle Herzen gefangen nahm, alle Ohren bezauberte und alle Seelen überschwemmte mit seiner Bedeutung. Napoleon hörte ihm zu, zwei volle Stunden lang, wiewohl ich mir das vielleicht nur einbilde, wozu ich ein gewisses Recht habe, da doch dieser ganze Aufsatz nur auf der Einbildung und auf der Erhebung beruht. Strenggläubige Leute, Katholiken wie Protestanten, lauschten ihm mit Freuden, denn es strömte Religion, wie liebliche nahrhafte Milch, aus seinem Bogen. Seine Kunst glich einem Regen, einem Segen, einem Sonntag, einer wundervollen hinreißenden Predigt. Der Krieger lauschte ihm, alles, alles lauschte ihm, ganz Aufmerksamkeit, ganz nur Ohr.

(1912)

DER HANDHARFER

Spielt heute morgen halt
der Handharfer wieder los;
draußen ist's hell und kalt,
der Tag macht seine Augen groß.

Spielt ebenso bang,
wie gestern, als es Nacht war,
da es die Räume durchdrang
scheu, lieb, unnennbar.

Spielt wohl den ganzen Tag,
so vergißt er am besten
vergangne und kommende Plag',
Schicksals Gesten!

(1913)

TANNENZWEIG, TASCHENTUCH UND KÄPPCHEN

An einem Vormittag stieg ich den waldbesetzten, steilen Berg hinauf. Es war heißes Wetter, und der Aufstieg kostete mich manchen Schweißtropfen. Der grüne Wald glich an Helligkeit und Schönheit einem Lied. Wie ich oben auf der Höhe ankam, konnte ich so recht frei in die weiße schimmernde Tiefe blicken. Das tat ich, und ich konnte mich an der herrlichen Aussicht gar nicht satt schauen. Wie schön, wie wohltuend ist eine Aussicht von einem hohen Berge. Der Blick schweift in die weite, umflorte, helle Ferne und steigt nieder in die wohllüstige, göttlich-schöne Tiefe. Wundersames Blau war am Himmel. Der Himmel zerfloß in süßem Blau, war ganz getränkt von Blau. Blau und grün und die goldene Sonne stimmen wunderbar zusammen, gleich einem süßen, milden, dreistimmigen, freundlichen Lied, wo jede Stimme sich um die andere schlängelt, wo jede Stimme die andere liebkost und küßt, wo alle drei seligen, glücklichen Stimmen einander umwinden und umschlingen. Ich kam nachher zu einer Bank, mitten im kühlen, grünen, hohen Tannenwald gelegen, und was sah ich darauf liegen? Einen Tannenzweig, ein Taschentüchelchen und ein Puppenkäppchen. Wie stimmte mich nun wieder dieser neue Anblick fröhlich, wo mich vorher der Anblick der Naturhöhe und -tiefe beglückt, berauscht und erheitert hatte. »Ein Kind muß hier gewesen sein und hat diese lieben Zaubersachen hier liegen lassen«, sagte ich, indem mich ein Lächeln ankam, zu mir selber. Der grüne Tannenzweig lag auf dem kindlich weißen, zarten und blassen Taschentuch so weich, und das Käppchen, wie lächelte es den aufmerksamen Beschauer so freundlich, so naiv an. »O Gott, o Gott«, rief es in mir, »wie ist die Welt durch das Dasein süßer, lieber, unschuldiger Kinder schön und ewig, ewig wieder gut. Daß man doch nie aufhöre und immer wieder von neuem anfange, an die Güte, an die Schönheit, an das Glück, an die Größe und an die Liebe der Welt zu glauben.« Noch warf ich auf Tannenzweig, Taschentuch und Käppchen rasch einen Blick und eilte weiter, denn es ging gegen Mittag, und ich wollte punkt zwölf beim Mittagessen sein.

(1914)

DER MANN

Einmal saß ich in einem Restaurant am Viehmarktplatz. Es sitzen dort mitunter sehr feine Herren, doch von den feinen Herren will ich nicht reden. Feine Herren bieten gar wenig Interessantes dar. Wollen unterhalten sein, sind selber absolut nicht unterhaltend. Ein Mann saß in einer Ecke, der hatte einen heiteren, gütigen, freien Blick. Seine Augen ruhten wie in unabsehbaren Fernen, in Ländern, die mit der Erde nichts zu tun haben. Der spielte alsogleich auf einer Art von Flöte, daß alle die, die im vornehmen Restaurant saßen, die Augen auf ihn richteten und auf seine Musik lauschten. Wie ein großes, gut gelauntes, starkes Kind saß der Mann da mit seinen sonnigen Augen. Nachdem das Flötenkonzert vorbei war, kam ein Klarinett an die Reihe, welches er nicht minder vortrefflich spielte und handhabte wie die Flöte. Er spielte sehr einfache Weisen, aber er spielte sie vorzüglich. Hierauf krähte er wie ein Hahn, bellte er wie ein Hund, miaute er wie eine Katze und machte er mu! wie eine Kuh. Er hatte sichtlich seine eigene Freude über die verschiedenen Töne, die er zum besten gab, doch das Beste kam hinterdrein, denn jetzt zog er aus einem Henkelkorb, den er unter dem Tisch stehen hatte, eine Ratte hervor und spielte liebes Kindchen mit ihr. Er gab der Ratte von seinem Bier zu trinken, und es zeigte sich deutlich, daß Ratten sehr gerne Bier trinken. Ferner steckte er das Tier, vor dem alle vernünftigen Menschen einen so entschiedenen Abscheu haben, in die Rocktasche, und zu guter Letzt küßte er es auf sein spitziges Maul, wobei er fröhlich vor sich hin lachte. Eigentümlich war der Mann mit dem versonnenen, verlorenen Ausdruck in den glänzend-klaren Augen. Ein Freund der Musik und ein Freund der Tiere war er. Sehr sonderbar war er. Er machte auf mich einen tiefen, zum mindesten doch nachhaltigen Eindruck. Überdies sprach er sehr gut französisch.

(1914)

DIE HANDHARFE

Ich stand in der finsteren, sternenlosen Nacht an einer Straße, die hinauf ins Gebirge führt. Da kamen mit Musik und lustigem Gespräche drei Knechte oder Burschen an mir vorüber und gingen im kecken Taktschritt weiter. Bald umfing sie die Finsternis, und ich sah schon nichts mehr von ihnen, aber die Handharfe, welche einer von den dreien kunstgerecht spielte, drang zurück aus dem Dunkel und bezauberte mein Ohr. Im Spiel der Handharfe sind bisweilen simple junge Leute große Meister. Dieses Instrument bedarf einer starken, festen Faust, und hieran lassen es Burschen aus den Bergen gewiß nicht fehlen. So stand ich denn und lauschte. Der prächtige, königliche Ton, sanft, groß und warm, ging mit den Burschen in immer weitere Ferne. Sie mochten jetzt im Walde angelangt sein, der Ton wurde weicher und leiser, in Wellen stieg er auf und nieder. Ich dachte über einen Vergleich nach und verglich den Klang mit einem Schwane, der tönend durch die Finsternis gleite. Bald war alles still. In den Berggegenden ziehen die Knechte gerne handharfespielend vor die Häuser, in denen ihre Mädchen wohnen. Auch die drei Burschen gingen zu einem Mädchen.

(1914)

DIE KAPELLE

In der Großstadt, mitten in dem unabsehbaren Meer von gleichförmigen Häusern findet sich in einem finsteren Hof eine Art von Kapelle, in welcher allerlei Leute aus den niederen Ständen zum freundlichen Gottesdienst zusammenkommen. Auch ich war einmal in der Versammlung. Ein drolliges, munteres Dienstmädchen, dem ich gut war, hatte mich eingeladen, mitzukommen, und ich bereute nicht, daß ich mit ihr gegangen war. Ehrbare Bürger, die mehr an die Hoheit des Geldes als an die Hoheit und Herrlichkeit Gottes glauben, hängen den armen, schlichten Leuten, die in die bescheidenen Versammlungen gehen, gern diesen oder jenen Spottnamen an, und versuchen lächerlich zu machen, was den gläubigen und unschuldigen Seelen heilig ist. Auch ich also ging eines Abends, da schon in den dunklen Straßen die Lichter brannten, zu den Kindern in die Versammlung. Ich will gern die Leute, die noch an einen Gott glauben, Kinder nennen. Kinder sind mitunter geistreicher als die Erwachsenen, und die Unklugen sind mitunter klüger als die Klugen. Gewiß! es kam auch mich ein Anflug spöttischen Lächelns an, als ich eintrat in das kindlichfromme Lokal, dessen Wände weiß waren wie die zierlose, schmucklose Unschuld selber. Ich setzte mich jedoch still nieder, und alsbald fingen die Leute, Männer wie Frauen, an zu singen wie aus einem einzigen frohmütigen Munde zum Lobe Gottes. Engel schienen zu singen, nicht schlichte, schlechte Menschen. Von dem süßen jungen, blühenden Glauben getragen, hallte der Gesang, gleich einem feinen Duft, der die Eigenschaft hat, zu tönen, hin und her und verhallte an den Wänden. Ich schaute mit eigentümlichen Empfindungen, ganz bezaubert von den Tönen, zur Decke des Saales hinauf, welche blau war, wie ein milder träumerischer Himmel. Weiße Sterne waren in den hellblauen Grund hineingezeichnet, und die Sterne schienen zu lächeln vom göttlichen Himmel hinab auf die jubilierende Versammlung. Eine heitere Kraft lag in dem Gesang, und der Gesang selber war ein sonderbares, leichtes, liebes Wesen, welches auf geistergleiche Weise lebte. Die, die sangen, schienen sich zu freuen über den Gesang, doch schienen sie nicht zu ahnen, wie die Töne sich von ihnen sonderten und ihr eigenes Leben in der Luft des Saales lebten. Es klang, als werde es geboren und lebe eine kurze Weile und müsse alsdann sterben. Aber es fing von neuem wieder an zu tönen und sich am sterblichschönen Dasein zu erfreuen. Ruhig und liebevoll glitzerten und schimmerten die goldenhellen Kerzenlichter hinab in das Singen, das einem Himmel glich an Keuschheit und Schönheit, und als sie mit dem Gesang innehielten, mußten sie lächeln, die lieben guten Leute, wie kleine Kinder, die ihre Aufgabe vollendet haben und sich nun darüber freuen. Nach einer Weile war der Gottesdienst beendet, und ebenso still, wie sie die Kapelle aufgesucht hatten, verließen die Leute sie wieder.

(1914)

Angenehme Wehmut – Schmerz, der den Stolz nicht kränkt. Freude über solcherlei Schmerz. Ein leichter, gefälliger Gram. Selige Erinnerungen. Die Erinnerungen üppig wie eine blühende Wiese. Leises, wehmutreiches Andenken. Jetzt eine Schar von Vorwürfen, die er sich selber macht. Nur die Vorwürfe, die man sich selber macht, sind schöne. Die andern soll man und will man vergessen. Man hat zuletzt niemandem als nur sich selbst Vorwürfe zu machen. O, daß doch alle, alle Menschen nur allein sich selbst und sonst niemandem etwas vorwerfen wollten. Reue? Ja, Reue! Reue ist süß und tönereich. Die Reue ist ein Weltreich, unendlich und unermeßlich an Ausdehnung. Aber die Reue ist etwas Zartes. Kaum vernimmt man sie. Freude über die Reue. Ein edles Herz freut sich über eine edle Empfindung. Dann will ich auch etwas von Hoffnungslosigkeit dabei haben. Engel sind ohne Hoffnung, haben Hoffnung nicht nötig. Hofft ein Engel? Nein. Engel sind über alle, alle Hoffnungen erhaben. Etwas Engelgleiches soll in der Sonate tönen, die ich im Sinne habe. Doch soll auch Hoffnung wieder dazwischen klingen, wie wenn jemand ganz, ganz arm und verlassen ist und dennoch immer, immer wieder hofft, gleichsam wie aus lieber, alter kindlicher Gewohnheit. Jetzt wieder Freude, und zwar Freude über jemandes andern Freude. Reine Kindlichkeit, reines glückliches Mitempfinden. Selig sein im Gedanken, daß jemand anders es ist. Ist nicht die Musik selber so? Ist nicht die Musik selber selig, darüber, daß sie Herrlichkeit, Heiterkeit und Seligkeit verbreitet? Dann und so kommt eine unsagbare perlende Verzagtheit. Stilles, süßes Weinen. Auflösung in eine göttlich schöne Schwäche. Ein Weinen über sich selber und über alles, was da ist und je da war. Nicht ein Entsetzen, nicht ein Grauen. Die Sonate hier verbietet derlei Heftigkeiten. Sanft wie ein leicht betrübter blauer Himmel will und soll sie tönen. Ihre Farbe ist das matte Edelweiß der Perle, und ihr Ton ist das Entschuldigen. Es gibt keine Schuld, weil es zu viel gibt, es gibt keinen Schmerz, weil er zu groß, zu gewaltig ist für das Verständnis. Weil es zu viel Enttäuschungen gibt, gibt es keine, soll es mit ein – einmal keine geben, keine mehr, keine mehr geben. Ah, dergleichen und ähnliches soll sich in der Sonate, von welcher ich träume, widerspiegeln, und ein junges schönes Mädchen, welches sich mit Leichtigkeit einzubilden vermag, sie sei ein Engel, soll sie spielen. Ein Engel muß die engelgleiche Sonate spielen, und es muß herniedertönen aus dem Himmel des Spieles wie himmlischer Trost, wie himmelreichähnliches Behagen, denn eine reizende Behaglichkeit, eine tiefsinnige Vergnügtheit denke ich dem Werke einzugeben. Schmerz und Freude sind wie Freund und Freundin, die sich umhalsen, umarmen und küssen. Lust und Weh sind wie Bruder und Schwester, die sich geschwisterlich lieben. Das liebliche sonnige Entzücken ist die Braut, und der Kummer, der sich ihr ins Herz schleicht, ist der Bräutigam. Genugtuung und Enttäuschung sind unzertrennlich.

(1914)

MALER, DICHTER UND SÄNGERIN

Aus der häuserreichen Hauptstadt heraus fuhren zahlreiche Leute, um die Schönheiten und Annehmlichkeiten der Frühlingslandschaft zu genießen. Der Tag war mild, ein frischer Wind wehte, und am tiefblauen warmen Himmel flogen, gütigen und freundlichen Göttergestalten ähnlich, schneeweiße große Wolken. Unter dem Spaziergängerpublikum befanden sich drei junge Menschen, ein Maler, ein Dichter und eine Opernsängerin. Sie sonderten sich vom großen Haufen der Lustwandelnden, so gut es gehen mochte, ab und erstiegen einen abseits gelegenen und kleinen Hügel, auf dessen Rükken ein reizender Baum stand, so als hätten ihn der Liebreiz und der Schönheitssinn selber hierher gestellt. Das junge liebe Grün, die süße weite Aussicht, die heiße Luft, das Blütenmeer, das entzückende Blau, die goldene, göttliche Freiheit, die Ruhe und Stille, die Liebe, Güte und Wärme begeisterten den Dichter; er setzte sich auf die bescheidene Bank, die dicht unter dem schönen hohen Baum angebracht war, zog sein Schreibzeug hervor und fing an zu schreiben, indem er sinnend bald aufs Papier und bald vor sich hin in die heitere Welt schaute. Der Maler, der erst eine gute Weile die Aussicht genossen und bewundert hatte, nahm jetzt sein Skizzenbuch und den Zeichenstift zur Hand und machte sich in aller Behaglichkeit daran, den Baum samt dem daruntersitzenden Dichter abzuzeichnen. Indessen war die junge schöne Sängerin, wie wenn sie von seiner Schönheit sanft angezogen worden sei, in den nahegelegenen Buchen- und Birkenwald getreten, und hier inmitten und unter all der süßen grünen Pracht, im Luftzelt des Waldes, begann sie sich, wie zu ihrer eigenen tiefgefühlten Freude, im Kunstgesang zu üben, daß es weithin in die frohe helle Umgebung hinausschallte und da und dort manch ein Mensch stillstehen blieb, um auf die schöne Stimme zu lauschen. Es traf sich, daß der Maler mit seiner Zeichnung der Skizze zu gleicher Zeit fertig wurde wie der Dichter mit seinen zarten, empfindsamen Prosazeilen oder Gedichten. Zu der Zeit kam auch die Sängerin aus dem Wald heraus in die Nähe der beiden jungen Männer, denn auch sie hatte ihre fleißige und edle Übung beendet. Des Malers Bild ging von Hand zu Hand; man fand es vortrefflich, und der Dichter wurde gebeten, sein Gedicht vorzulesen, er tat es gern und fand Beifall. Es war inzwischen Abend geworden. Ein tiefsinniger Goldhauch hatte sich über die Welt verbreitet. Es wurde dunkler und dunkler, und die drei Leute, Maler, Dichter und Sängerin, mußten daran denken, heimzukehren.

(1915)

SOMMERNACHT

Nacht war's. Ein junger Mann saß in seinem Zimmer bei der Lampe und las im »Faust«, aber während er las, überlegte er so zwischendurch, ob er weiterlesen oder ob er hinunter in die Straße gehen solle. Es war so schön draußen, der Mond schien so hell. Ein beschriebenes Blatt Papier lag neben des jungen Mannes Buch. Das Blatt Papier schien ein angefangener Brief zu sein, vielleicht einer jener Briefe, bei deren emsiger Niederschrift man mit einmal mitten im Schreiben, von allerlei sonderbaren Bedenken angehalten, stillhält. Der junge Mann stand vom Tisch auf und trat ans offene Fenster, durch welches der Nachtwind, einem stillen, freundlichen Gedanken gleich, in die weite, helle Stube hineinwehte. Vorher schon, beim Lesen, hatte er die Schritte der zahlreichen Spaziergänger von unten her gehört. Er war schon während des Lesens eigentlich mitten unter den leise auf- und abspazierenden Leuten gewesen. Jetzt schaute er vom Fenster, das hoch über der Straße, gleichsam in der Luft oben lag, auf das friedliche nächtliche Bild hinab, das sich unten über den stillen Platz hin- und herbewegte, und er lächelte über seine mondbeschienene Dachstubeneinsamkeit, über sein zufriedenes Alleinsein, welches ihm ebenso schön oder fast nur noch schöner vorkam als alles andere. Gerne freilich würde er dicht hinter einer vornehmen, anziehenden Schönen einhergegangen sein, z. B. hinter Frau L..., um ihre Figur und ihre lieblichen Bewegungen zu bewundern. Gerne würde er am allgemeinen abendlichen Spazieren teilgenommen haben, seine Schritte mit den Schritten der übrigen Menschen leicht vermischend, doch er fühlte sich entweder mindestens ebenso glücklich oder gar noch viel glücklicher so, und daher blieb er am Fenster sitzen. »Wunderbare Nacht«, sagte er leise zu sich selbst, »wie bist du schön, und du, himmlischer Mond, wie bist du schön.« Aus einer dicht unter des Jünglings Fenster gelegenen Gartenwirtschaft tönte ein Flöten- und Geigenkonzert mit süßen Anschlägen, fröhlichem Weinen, wehmütigem Übermut, Gekicher, Gelächter und nachtigallengleicher Klage als reizvolles musikalisches Getändel, als Wellenspiel und Spiegelung des Lebens zu seinem aufmerksam lauschenden Ohr herauf. Der junge Mann vergötterte die Töne und berauschte sich daran. Nach und nach wurde es unten auf der Straße stiller. Der Zimmerbewohner löschte die Lampe. Er mochte nur noch das liebe Mondlicht um sich haben.

(1915)

ERINNERUNG AN »HOFFMANNS ERZÄHLUNGEN«

Ich lebte in der Abgelegenheit ländlicher, provinzlicher Stille auf plattem Land, wo Felder und Wälder stumm und still herumliegen, Flächen und Ebenen endlos scheinen, weite, breite Gegenden oft nur wie dünne Streifen sind, ausgedehnte Ländereien ruhig beieinander schlummern.

Braunes, gelbes, rotes Herbstlaub, Nebel, der die winterliche Erde geheimnisvoll einschleierte; große, nasse, dicke Schneeflocken, die in einen morgendunklen Hof hinabfielen, einen weißverschneiten Park, ein Winterdorf mit Dorfburschen und -frauen und mit Gänsen auf der Dorfstraße hatte ich gesehen.

Eine arme, kranke, von aller Welt verlassene, unglückliche Taglöhnerin hatte ich im jämmerlichen Leidenbett liegen sehen und seufzen hören.

Wälder, Hügel, Ebenen still und wortlos in dumpfem, gedämpftem Wintersonnenglanz. Hie und da ein vereinzelter Mensch, ein unbedeutendes, kleines Wort, ein einsames Geräusch.

Eines Tages fuhr ich aus all dieser Entlegenheit, aus all dieser Stille weg und hinein in den verführerischen Glanz der Hauptstadt, wo ich bald darauf in der Komischen Oper »Hoffmanns Erzählungen« sah.

Recht wie ein staunender Bauernbursche kam ich mir inmitten glänzenden Rausches, sinnbetörenden, graziösen Getümmels und versammelter, blendend eleganter Welt vor.

Als es aber im hohen Hause still wie in einem von Träumereien und Seelen-Einbildungen erfüllten Kämmerchen wurde, Tongewalt und Tonkunst ihren Göttermund öffneten, zu singen und tönen und klingen begann, zuerst die Ouvertüre, die sich mit hellen und dunklen, frohen und ernsten Melodien in alle Seelen schmeichelte, um sie einengend und von Beengung befreiend mit Himmelsglück zu umstricken, dann von Künstler- und Künstlerinnenlippen weicher, warmer Gesang erschallte, Bilder voll zarter, edler Zauberfarben und Zauberfiguren, Auge und Geschmack entzückend, einander leicht und glücklich ablösten, Musik und Malerei sich auf die schönste Art aller Herzen, Augen und Ohren bemächtigten, alles plötzlich mäuschenstill wurde, dann von neuem wieder tönte, als wenn es nie wieder so schön zu tönen und mit so viel erwünschter, angenehmer Gewalt zu bezwingen aufhören wollen würde; Schmerz und Freudeklänge, um das Abenteuer des Daseins widerzuspiegeln, den Sinn des Lebens zu veranschaulichen, so süß und munter die Tonleiter wie Engelsgestalten an der Himmelsleiter auf- und niederstiegen:

O da war alles rings um die feuchten, heißen Augen und im Herzen königlich schön und reich. Alles Leben konnte jetzt entweder völlig aufhören oder gänzlich neu beginnen.

Welche Gegenwart war das! Tausende von Stunden strömten in diese eine. Ja, das war ein schöner, guter, bedeutender Abend.

(1916)

DAS SEESTÜCK

Dieses Stück ist sehr einfach, es handelt von einem schönen Sommerabend und von vielen Leuten, die am Seeufer hin- und herpromenierten. Die Menschenmenge, unter der auch ich mich befand, war außerordentlich. Die ganze Stadt schien zu spazieren. Wenn ich sage, daß der weite, nächtliche See einem schlummernden Helden glich, dessen Brust auch im Schlafe noch von Angelegenheiten der Kühnheit und der hohen Denkart bewegt sei, so drücke ich mich vielleicht etwas gewagt aus. Viele lichtergeschmückte Nachen bewegten sich im dunklen Wasser. Die Straßen und Nebenstraßen, die zum See führten, schienen mir Kanäle zu sein, und ich bildete mir mit Leichtigkeit ein, daß die Nacht eine venezianische Nacht sei. Heller Feuerschein loderte da und dort rötlich aus dem Schwarz auf, und nächtliche Menschengestalten spazierten in die hellen und in die dunklen Stellen. Es fehlte an Liebespaaren keineswegs, die sich hinter allerlei Dickicht zärtlich umarmten und küßten, und ebenso wenig fehlte es an kosender und lispelnder, an freundlich streichelnder und gleich einem plätschernden Gewässer rieselnder Nachtmusik. Der Halbmond in der Höhe glich, wie soll ich sagen, einer Wunde, woraus ich folgere, daß der schöne Körper der Nacht verwundet war, ähnlich wie eine schöne edle Seele verletzt und verwundet sein kann, und darum ihre Hoheit und Schönheit noch deutlicher offenbart. Im Leben, das roh und unedel ist, macht sich mitunter die verletzte edle Seele lächerlich, nicht aber in der Dichtkunst, und der Dichter lacht niemals über empfindlicher Seelen Verletzbarkeit. Da ich über eine gebogene Brükke ging, hörte ich von unten, aus dem Wasser, eine wundervolle Stimme zu mir heraufdringen, es war ein hellgekleidetes Mädchen in einer hier vorüberfahrenden Gondel, und ich und vielleicht noch ein anderer, den die zarte Stimme ebenfalls interessierte, beugten uns über das Geländer, um auf den entzückenden Gesang mit angespannter Aufmerksamkeit zu lauschen, der im Zirkus oder im Konzertsaal, den die holde Nacht bildete, warm und hell verhallte. Wir zwei oder drei, die wir lauschten, gestanden uns, daß wir noch nie so schön singen gehört hätten, und wir sagten uns, daß das Lied der im beinahe unsichtbaren Nachen dahingleitenden liebenswürdigen Sängerin weniger durch Kunst und großes gesangliches Können als vielmehr nur durch eine wunderbare Seelen-Anspannung und durch die Begeisterung eines lieben edlen Herzens groß sei. Wir sagten uns ferner, das heißt es fiel uns ein, zu denken, daß vielleicht, ja sogar sehr wahrscheinlich die junge Sängerin unten im dunklen Boot über die Kühnheit und Hochherzigkeit ihres Gesanges und wegen ihrer Fähigkeit, sich zu berauschen und zu begeistern, glühend erröte, und daß ihre reizende jugendfrohe und süße Wange vor Scham über die Freiheit und über den Enthusiasmus des himmlischen gesanglichen Ergusses heftig brenne. Königspalastähnlich wurde das Lied und wuchs zu fabelhafter Größe empor, daß man Prinzen und Prinzessinnen auf herrlich geschmückten Pferden vorübertanzen und -galoppieren zu sehen meinte. Alles verwandelte sich in tönendes Leben und in eine tönende Schönheit, und die ganze Welt erschien wie die Liebenswürdigkeit selber, und am Leben, am menschlichen Dasein gab es nichts mehr auszusetzen. Ganz besonders anziehend und schön war, wie das Mädchen so ihre zarte Seele singend preisgab, alle ihre Geheimnisse öffnete, hoch über sich selbst und über ihre Zurückhaltung, über alle anerzogene Sittsamkeit hinwegdrang, alles Denken und Sehnen offen aussprach, daß es, Heldinnen gleich, wie eine Gestalt in die Luft hinaufragte. Der Kampf, den das zarte Wesen mit der Schüchternheit und mit dem alltäglichen Benehmen kämpfte, ergab die schönste Klangfarbe, und auf den schamhaft-stolzen Klang lauschten, wie bereits gesagt, mehr Leute, die alle bedauerten, daß das Lied nun nach und nach in der Ferne sich verlor.

(1917)

DER FAHRENDE SÄNGER

Er dürfte nun die Hochschule besuchen, kommt aber infolge vielleicht einer ihm angebornen Genialität zu rasch fort, bildet sich dies jedenfalls ein und scheint in gewissem Sinn seinen Lehrern an Geist und Weltauffassung, auf einer einzigen Seite wenigstens, überlegen zu sein. Wir vermuten das, denn wir haben eine derartige Vermutung oder Voraussetzung nötig. Wie sollte sonst der wilddahinfahrende Sänger erklärt werden? Er schien sich selber und seine gesamte Umgebung zu überflügeln, etwas Adlerhaftes, das in ihm sich regte, trug ihn hoch über alles Mittelmäßige in sonnige, wolkige Höhen hinauf. Er findet an den Wissenschaften etwas Trockenes, sie lähmen, hemmen seinen Flug, der ihm zum Bedürfnis geworden ist. Ein Glück und zugleich ein Unglück zeichnen den jungen Mann vor andern jungen Männern aus. Die Weisheit kommt ihm lächerlich vor. Sein Seelenfeuer erzählt ihm wundervolle Geschichten, und es treibt ihn zu den Erlebnissen hin. Seine zwanzig Jahre stürzen, stürmen über jede Regel, jede Ordnung, jedes weiche Bedenken und Betrachten weg, ihm ist das Menschenleben geheimnisvolle Herrlichkeit, und er schließt sich an Leute an, die nichts als Menschen sind. Seine Irrtümer sind ihm unabweisbare Bedingungen, auf seine raschen Meinungen gründet sich seine Anschauung von Welt und Dingen. Leben heißt Weisheit. Die feuerroten Wellen fassen ihn und zwingen ihn, mit den heraufsteigenden und herabfallenden Wogen fortzuschwimmen. Tage und Nächte werden ein schäumendes, berauschendes, göttlichschönes Ganzes. Alles ist zusammenhängend, unzertrennlich. In den Nächten ist es der Mond, und am Tag ist es die Sonne, die ihn beglücken und begeistern. Er liebt die Musik und wird ein fahrender Student, der schwärmend und musizierend das Land durchstreift und durchwandert. Manche Leute geben ihn preis und halten ihn für verloren. Da ihn die Natur berauscht, übernachtet er in einsamen wilden Spelunken, Schenken oder unter hohen Bäumen im Freien, unter den Sternen, die zu dem wilden, ungezügelten Gesellen freundlich herunterblinzeln. Welten scheinen ihn zu umklingen, der eiserne, eherne Geruch des Ewigen umwittert und umduftet ihn, Gestirne und Erde scheinen zu singen, zu tanzen, er atmet Gottes Bedeutung mit Wollust ein und schläft in der Finsternis auf seinem Moosbett ein, während ihn die Nachtlüfte umrauschen, und in seinen Schlaf fällt der Schrei irgendeines Nachttieres, und in wunderbaren Träumen hört er das Dasein donnernd posaunen. Ungeteilte unumwundene Natur treibt ihn dahin und dorthin, umklammert, umbraust ihn. Der Mond wird ihm zum Freund und die Sterne werden ihm zu Kameraden. Längst gibt er es auf, bei kluger Verfassung zu erscheinen. Sogenannte Weltklugheit ist ihm unerträglich, er verabscheut diese Maske. All dem Gesagten gegenüber verlangt es ihn mitten im wilden Treiben wieder nach Hause, wo er daheim sein könnte, er empfindet eine Art Bedürfnis, mit den Eltern zu reden, fromm, gut und sanft zu sein, artig und gerecht mit den Menschen. Die Gitarre am Rücken, irrt er nur noch gezwungen, verirrt in der Welt umher, sein unsicheres, irrlichterhaftes Sehnen vergeblich verschwendend. Er möchte geordnet, gefestigt sein und kann es nicht. Ein Nebel umgibt ihn, und er verliert sich in den dichten Ungenauigkeiten. Des Trotzes, des Übermutes ist er müde geworden, er sagt sich, daß er die Kraft nicht habe, kalt und trotzig zu bleiben. Die Seele erwacht ihm, er fühlt, daß er erst jetzt Mensch und Mann werden solle, er wird ein Träumer, still und besonnen geht er einher, und er erscheint jetzt den Leuten als Müßiggänger. Niemand mutet ihm ernste, gute Absichten zu. Er geht unter Menschen, aber sie stoßen ihn ab, sie freuen ihn ebensowenig wie er sie. Sie sagen ihm Wahrheiten, d. h. sie sagen ihm Dinge, die er sich längst tausendmal selber sagte. Er kränkt die Menschen, wie sie ihn kränken. Unter kleinen Kindern, unter den Verachteten und Armen fühlt er sich wohl. Der Glanz und das Blenden in den Salons sagen ihm nichts. Er vermag sich nichts davon zu versprechen. Während ihn die Kleinen lieben, weil sie seine Haltung, seine Miene und seine Sprache verstehen, machen ihm die Erwachsenen kalte Vorwürfe und verhalten sich ihm gegenüber ablehnend.

(1917)

SCHNEIEN

Es schneit, schneit, was vom Himmel herunter mag, und es mag Erkleckliches herunter. Das hört nicht auf, hat nicht Anfang und nicht Ende. Einen Himmel gibt es nicht mehr, alles ist ein graues weißes Schneien. Eine Luft gibt es auch nicht mehr, sie ist voll Schnee. Eine Erde gibt es auch nicht mehr, sie ist mit Schnee und wieder mit Schnee zugedeckt. Dächer, Straßen, Bäume sind eingeschneit. Auf alles schneit es herab, und das ist begreiflich, denn wenn es schneit, schneit es begreiflicherweise auf alles herab, ohne Ausnahme. Alles muß den Schnee tragen, feste Gegenstände wie Gegenstände, die sich bewegen, wie z. B. Wagen, Mobilien wie Immobilien, Liegenschaften wie Transportables, Blöcke, Pflöcke und Pfähle wie gehende Menschen. Kein Fleckchen existiert, das vom Schnee unberührt bleibt, außer was in Häusern, in Tunneln oder in Höhlen liegt. Ganze Wälder, Felder, Berge, Städte, Dörfer, Ländereien werden eingeschneit. Auf ganze Staatswesen, Staatshaushaltungen schneit es herab. Nur Seen und Flüsse sind uneinschneibar. Seen sind unmöglich einzuschneien, weil das Wasser allen Schnee einfach ein- und aufschluckt, aber dafür sind Gerümpel, Abfällsel, Hudeln, Lumpen, Steine und Geröll sehr veranlagt, eingeschneit zu werden. Hunde, Katzen, Tauben, Spatzen, Kühe und Pferde sind mit Schnee bedeckt, ebenso Hüte, Mäntel, Röcke, Hosen, Schuhe und Nasen. Auf das Haar von hübschen Frauen schneit es ungeniert herab, ebenso auf Gesichter, Hände und auf die Augenwimpern von zur Schule gehenden zarten kleinen Kindern. Alles, was steht, geht, kriecht, läuft und springt, wird sauber eingeschneit. Hecken werden mit weißen Böllerchen geschmückt, farbige Plakate werden weiß zugedeckt, was da und dort vielleicht gar nicht schade ist. Reklamen werden unschädlich und unsichtbar gemacht, worüber sich die Urheber vergeblich beklagen. Weiße Wege gibt's, weiße Mauern, weiße Äste, weiße Stangen, weiße Gartengitter, weiße Äcker, weiße Hügel und weiß Gott was sonst noch alles. Fleißig und emsig fährt es fort mit Schneien, will, scheint es, gar nicht wieder aufhören. Alle Farben, rot, grün, braun und blau, sind vom Weiß eingedeckt. Wohin man schaut, ist alles schneeweiß; wohin du blickst, ist alles schneeweiß. Und still ist es, warm ist es, weich ist es, sauber ist es. Sich im Schnee schmutzig zu machen, dürfte sicher ziemlich schwer, wenn nicht überhaupt unmöglich sein. Alle Tannenäste sind voll Schnee, beugen sich unter der dicken weißen Last tief zur Erde herab, versperren den Weg. Den Weg? Als wenn es noch einen Weg gäbe! Man geht so, und indem man geht, hofft man, daß man auf dem rechten Weg sei. Und still ist es. Das Schneien hat alles Geräusch, allen Lärm, alle Töne und Schälle eingeschneit. Man hört nur die Stille, die Lautlosigkeit, und die tönt wahrhaftig nicht laut. Und warm ist es in all dem dichten weichen Schnee, so warm wie in einem heimeligen Wohnzimmer, wo friedfertige Menschen zu irgendeinem feinen lieben Vergnügen versammelt sind. Und rund ist es, alles ist rundherum wie abgerundet, abgeglättet. Schärfen, Ecken und Spitzen sind zugeschneit. Was kantig und spitzig war, besitzt jetzt eine weiße Kappe und ist somit abgerundet. Alles Harte, Grobe, Holperige ist mit Gefälligkeit, freundlicher Verbindlichkeit, mit Schnee, zugedeckt. Wo du gehst, trittst du nur auf Weiches, Weißes, und was du anrührst, ist sanft, naß und weich. Verschleiert, ausgeglichen, abgeschwächt ist alles. Wo ein Vielerlei und Mancherlei war, ist nur noch eines, nämlich Schnee;

und wo Gegensätze waren, ist ein Einziges und Einiges, nämlich Schnee. Wie süß, wie friedlich sind alle mannigfaltigen Erscheinungen, Gestalten miteinander zu einem einzigen Gesicht, zu einem einzigen sinnenden Ganzen verbunden. Ein einziges Gebilde herrscht. Was stark hervortrat, ist gedämpft, und was sich aus der Gemeinsamkeit emporhob, dient im schönsten Sinne dem schönen, guten, erhabenen Gesamten. Aber ich habe noch nicht alles gesagt. Warte noch ein wenig. Gleich, gleich bin ich fertig. Es fällt mir nämlich ein, daß ein Held, der sich tapfer gegen eine Übermacht wehrte, nichts von Gefangengabe wissen wollte, seine Pflicht als Krieger bis zu allerletzt erfüllte, im Schnee könnte gefallen sein. Von fleißigem Schneien wurde das Gesicht, die Hand, der arme Leib mit der blutigen Wunde, die edle Standhaftigkeit, der männliche Entschluß, die brave tapfere Seele zugedeckt. Irgendwer kann über das Grab hinwegtreten, ohne daß er etwas merkt, aber ihm, der unterm Schnee liegt, ist es wohl, er hat Ruhe, er hat Frieden, und er ist daheim. – Seine Frau steht zu Hause am Fenster und sieht das Schneien und denkt dabei: »Wo mag er sein, und wie mag es ihm gehen? Sicher geht es ihm gut.« Plötzlich sieht sie ihn, sie hat eine Erscheinung. Sie geht vom Fenster weg, sitzt nieder und weint.

(1917)

CHOPIN

Wie schön ist es, ihm zuzuhören,
er läßt dich augenblicklich träumen
und phantasieren. Liebtest du
bis heut' noch nie, so bist du nun
Liebender und gehörst nicht mehr
dir, und darüber bist du glücklich.
O Seligkeit, nicht mehr an sich,
ans arme Eigene zu denken,
sich reich zu fühlen, weil nun alles
Empfinden losgelöst ist von dem
einschnürenden, gemeinen Selbst.
Töne von Chopin, sind es Locken,
ist's ein verführerisches Lächeln,
Duft von ägypt'schen Zigaretten,
Form und Geruch von Blumen? O, wie
blüht nun das Herz und schwelgt die Seele.
Ein wundervoller, goldner Abgrund
öffnet sich dir, und Abendsonne
liebkost dich, und du bist in einem
anderen Lande, wo es viel
zärtlicher hergeht und viel weicher,
und ruhiger und unabhäng'ger,
wo hohe Bäume dich umschatten
und Hell- und Dunkelheit sich zu
reizenden Melodien vermischen,
wo Trauer schön ist und die Wehmut
herrlich, ganz wie Musik von ihm, dem
Polen, der einstmals in Paris

Konzerte gab, wo er vor aller
Welt spielte, vor Soldaten, schlichten
Arbeitern, vor Bankiers, Ministern.
Wen riß er nicht mit seiner Hände
Getändel zur Bewundrung hin?
Jeden bezauberte er. Heinrich
Heine, der Spötter, liebt' und ehrt' ihn.
Er spielte so, als tät' er's völlig
für sich, Gesellschaft, Einsamkeit
waren für ihn dasselbe, doch
gab er vielleicht sein Innigstes
mitten im Weltgewühl, er spielte
darum so schön, weil's ihn beglückte,
daß er's verschenken durfte. Edlem
Gemüt ist Geben ein Bedürfnis.

(1920)

Ich will ihm ein Artikelchen widmen. Expreß, weil er allgemein so von der Höhe des Geschmackes herab belächelt wird. Ob die Belächelei begründet sei, untersuche ich wohl lieber nicht. Oder doch? Soll ich's riskieren? Soll ich mich wirklich nicht genieren? Wie er hüpfelig, züpfelig klingt! Etwas Jugendliches, Munteres steckt in ihm. Ist gegenüber etwas Fröhlichem Verlächelei am Platz? Er ist eine Art Kind, und wenn Sie ihn spielen hören, so meinen Sie fast, es sei dies unter Ihrer Würde. Die Musiker, die ihn in Behandlung nehmen, setzen eine gnädige Miene auf, als wollten sie sagen: furchtbar simpel. Aber es gibt immer auch Leute, die ihm ihren Beifall spontan zollen. Gestern hörte ich ihn vortragen, da sah ich, wie einige dem Vortrag entflohen, als wäre er langweilig. Ich behaupte aber frisch: nein, er ist es nicht. Er ist noch lange nicht langweilig, er berauscht, betört nur nicht das [ist] aber an ihm eine gute, nicht eine schlechte Eigenschaft. Er klingt architektonisch, ich meinerseits halte das von ihm für sehr nett. Er verspricht dem Ohr nicht viel, aber er hält, was er verspricht, das ist an sich immerhin etwas. Und dann gebärdet er sich riesig drollig, das finde ich anständig. Ein ganz bestimmter hörbarer Anstand tönt in ihm, und daß er ganz und gar nicht gefangennimmt, nicht sogleich fesselt, sich nicht einschmeichelt, macht ihn interessant. Ob ich mich irre, wenn ich glaube, er sei seiner Herkunft nach gotisch? Ich meine, er stammt natürlich nicht aus dem Mittelalter, aber er duftet noch so danach, wie ja alle ländliche, völkische Kunst bis in die neuere Zeit ihr Urtümliches bewahrt hat. Hör' ich ihn, so steig' ich irgendwie herauf und herab, er bildet etwas wie Treppen. Etwas Zickzackiges. Nun, er interessiert mich. Er stellt eine Musik dar, die den Hörer in der Umgebung, in der Gegenwart, in der Realität läßt. Er umnebelt nicht, hat nichts Erinnerndes, Romantisches. Er gleicht einem gediegenen Gesellschafter. Ist er gar so leicht zu verstehen? Nein, gar nicht. Sie sehen, wie ich mich hier um ihn mühe, wie ich ihn zu umfassen versuche. Daß er so ruhig weiterlebt und daß ihm eine Art Tanz eigen ist, macht mich ihn schätzen. Die ihn erfanden, haben auch manches sonstige Schöne gebaut. Lassen Sie uns ihn um seines gesunden Wesens willen fortleben. Was die Stimmung betrifft, die in ihm liegt oder die er hervorruft, so bin ich der Ansicht, daß ihm dieselbe nicht abgeht. Er hat sie, wenn man auch vielleicht meinen möchte, sie fehle ihm. Nein, sie fehlt ihm nicht, er hat sie. Glauben Sie mir, er hat sie. Ich versichere Sie, daß er sie hat. Er stimmt ausgezeichnet mit sich überein.

(266/III)

(1924)

Daß er seine Mutter anerkannte, die ein so zerzaustes Bild darbot, und die dem schönkostümierten Jüngling, der voll Anstand und Anmut dastand, ein wahres, zerrissenes Schmerzensgesicht zuwandte, rechnete ich dem Sänger hoch an, wobei ich über eigenes Erlebtes sann. Der gute Junge sah mädchenhaft schön und zart aus. Die Katze, ich meine die Primadonna, die entzückend schön sang, fürchtete viel für ihre geliebte Maus, womit wir den federhutgeschmückten jungen Menschen meinen, der sich mit seiner Ernährerin vereinigt sah, die er vielleicht nie hätte wiederfinden sollen. O Oper, wie schienst du mir kunstvoll, wie herrlich umbrandeten den Uferabhang meines Wesens deine Melodienwellen. Zurück zur Hochherzigen, die gar nicht innig genug singen zu können schien. Es drängte sie an den Kerker hin, worin er samt derjenigen lag, die ihn geboren hatte und die seither zerzaust in der Welt herumlief, von Ort zu Ort, mit einem Kopftuch bedeckt. Der Ton ihres Muttersingsanges durchquerte, beschwerte mir die [den] Inhalt der Oper auffassende Seele, und ich verhehle nicht, daß mir der Sohn nicht unbegreiflich vorkam. Die Primadonna beglückte mit ihrer Gestalt wie mit überhaupt ihrem Vorhandensein einen Befederten, der aber dagegen ihr wenig oder nichts bedeutete. Alle männliche Vortrefflichkeit half ihm nichts. Mutter und Sohn hielten sich in heiligen und gesanglichen Zusammenhörigkeitsausbrüchen umschlungen. Da kam die verzweifelte Schöne in die Szene hereingedrungen mit Liebes- und Befreiungsabsichten, die nicht gelingen konnten, da sich das Früchtchen und die Pflanze zu sehr am Zusammenhangen sonnten. Den Trennungsversuchen stemmte sich die

Unmöglichkeit, getrennt zu werden, entgegen. Mit allen Mitteln, auf allen Wegen drang der Gesang der bald Begeisterten und bald Entherzten bittend und bestürmend an den mutterliebenden Geliebten, der sich nicht zu den Unschönheiten des Abfallens und nicht in die Schönheiten des Ewig-Männlichen hinaufschwang. Eher ließ er sich hinrichten. Die Liebhaberin lag tragisch am Boden. Der Befederte sah sich einsam. Wie schade, liebe Freundin, daß ich dich nicht antraf und nicht mit in dieses Spektakel nahm.

(264/V)

(1924)

KLOPFEN

Ich bin ganz zerklopft, der Kopf tut mir weh.

Gestern, vorgestern, vorvorgestern klopfte meine Logisfrau.

»Darf ich wissen, weshalb Sie klopfen?« fragte ich sie.

Die zaghafte Anfrage wurde mit der Erwiderung abgewiesen:

»Sie sind anmaßend.«

Feinsinnige Fragen werden als Unverschämtheit empfunden.

Man sollte stets laut auftreten.

Klopfen ist ein wahres Vergnügen, weniger das Anhören. Klopfer hören ihr Klopfen nicht, d. h. sie hören es, aber es stört sie nicht. Jedes Getöse hat für den Verursacher etwas Angenehmes. Ich weiß das aus eigener Erfahrung. Man kommt sich mutig vor, wenn man lärmiert.

Da klopft's schon wieder.

Anscheinend ist's ein Teppich, der bearbeitet wird. Ich beneide alle die, die sich im Prügeln harmlos üben.

Ein Lehrer nahm einst einige Schüler übers Knie und klopfte sie durch, um ihnen einzuprägen, daß Wirtshäuser nur für Erwachsene existieren. Auch ich war unter der züchtigungeinheimsenden Rotte.

Wer ein Bild an die Wand hängen will, muß zuvor einen Nagel einschlagen. Zu diesem Zweck wird geklopft.

»Ihr Klopfen stört mich.«

»Das geht mich nichts an.«

»Gut, so soll gehorsam für Abnahme der Empfindlichkeit gesorgt werden.«

»Schaden wird Ihnen das nicht.«

Ein artiges Gespräch, nicht wahr?

Klopfen, klopfen! Ich möchte mir die Ohren verstopfen.

Auch ich klopfte einst als Diener gräfliche Perser. Es hallte nur so in die prächtige Landschaft hinaus.

Geklopft werden Kleider, Matratzen usw.

So eine moderne Stadt ist voll Geklopf. Wer sich über etwas Unumgängliches ärgert, scheint ein Tropf.

»Klopfen Sie ungeniert drauflos.«

»Meinen Sie das ironisch?«

»Ja, ein wenig.«

(1925)

WENN MICH MEINE FREUNDIN, WAS SAG' ICH FREUNDIN, ICH MUSS SCHON IDEAL SAGEN

Wenn mich meine Freundin, was sag' ich Freundin, ich muß schon Ideal sagen, da man doch ohne so ein Ideal nicht gut auskommt, in meinem Zimmer sähe, das schön und groß ist, würde sie staunen. Im Gemach befindet sich eine Sofa-Abteilung wie zum bequemen Platznehmen für eine Dame. Ich kann sagen, daß ich recht vorteilhaft möbliert bin. Es ist gewissermaßen das, was man einen Raum nennen kann, worin ich schreibe, und so schreib' ich denn jetzt folgendes. Ich holte eher in Bözingen in der »Sagi« Holz, als daß ich Lieder hörte. Ich hebe das ohne jede Sentimentalität hervor. In unserer Familie wurde nicht musiziert. Der Vater hatte mehr mit täglichen Sorgen als mit Tönen zu tun. Ich kann nicht behaupten, daß bei uns zu Hause Gedichte rezitiert worden seien. Aber in der Schule, in den Deutschstunden wurde das getan, und da hör' ich heute noch, wie einer meiner Schulkameraden, es war dies die zweite Klasse, das »Glück von Edenhall« von Ludwig Uhland vortrug. Er tat es so ›miserabel‹, daß er ein »Setz dich, Dummkopf« als Beifall davontrug. »O Glück und Glas, wie schnell bricht das.« Es sind mir gewiß ausgezeichnete Worte eines zweifellos sympathischen Dichters, die mir aus der Kindheitszeit nun hold und herb nachklingen. Das Ernste erhebt der Sänger ja zur Schönheit. Über unserer Stadt erhebt sich ein bewaldeter Berg, und den Wald benutzten wir Knaben als Schauplatz unserer Vergnügungen. Da gab es einen Schulfreund, auf den ich, wie viele andere von uns, große Stücke hielt, der sang einmal beim Herabsteigen vom Wald herab das monoton tönende Volkslied: »O Napoleon, du Schustergeselle«. Ich und noch einer mußten über die Frivoligkeit, die sich mit Komik verbunden gab, unwillkürlich lachen, obschon uns der Gesang Eindruck machte. Ich höre die dunkle Stimme des jungen Sängers noch heute, der den Instruktorsberuf ergriff, nachdem er gefunden hatte, er passe nicht in die Tracht eines Pfarrers. Sie würde sehr hübsch sich ausnehmen, etwa bei einer der beiden Türen, die von Färbung braun sind, die Zarte, Schlanke. Ich behaupte nicht zu viel, wenn ich der Ansicht Ausdruck gebe, daß mein Zimmer ein Diplomat bewohnen könnte. Ich schrieb noch nie an einem so stattlichen Tisch. Ich meine, so etwas darf erwähnt sein. Lädt man mich ein, von etwas zu reden, so füg' ich gern auch anderes bei, den Gegenstand warm[1] einnehmend. Darf ich hoffen, feiertäglich gesprochen zu haben?

(486/II)

(1925)

1 »der Gegenstand war«

DAS PORZELLANFIGÜRCHEN

Er war von Porzellan,
hatte spitzenbesetzte Höschen an
und sang sie an, im Wahn,
daß er Hahn
bei ihr im Korbe wäre.
Die schwere, hehre,
hohe Sängerpflicht
mißlang ihm nicht,
aber wie ist ihr Gesicht,
indes er sich gesanglich aufgerieben,
unberührt geblieben.
Während er liebevoll auf seiner Mandoline
zupfte, schälte sie eine Apfelsine,
die sie mit sichtlichem Behagen aß,
den Interpreten sie mit ihren schönen Augen ruhig maß.
Er sang sich blaß
an ihrer Gelassenheit.
Wie die Stimme mich entzückte,
da ich mich zu dem Figürchen niederbückte,
das ein Antiquitätenschaufenster schmückte!
Der Bursche tat mir herzlich leid,
den Hoffnungslosigkeiten singen ließen.
Es war, als erbebe
ihm das Herz unter seiner geblümten Weste,
wie einem ängstlichen Vögelein im Neste.
Die Augen wären ihm naß
geworden, hätte ihm die Wesensart,
die steinerne, es gestattet. Ihm blieb erspart

keine ihn bezaubernde Enttäuschung. Heine
fehlte ja bekanntlich auch keine,
der zu Paris
manchen Seufzer von sich ließ,
sozusagen Trübsal blies
und sachte
dazu lachte.
Morgens früh um achte
war's, da ich dies Gedichte machte,
wovon ich wünschte, daß man's ein'germaßen achte.
Schweißtropfen brachte
das bißchen Arbeit mir zwar nicht gerade,
ich mich nicht gern in allzustarkem Eifer bade.
Was läge so viel an
Guitarrenklang aus Porzellan?
Entschwundner Zeiten Pein
kann uns schnuppe sein.
Behandeln wir doch ja so zart
und rücksichtsvoll wie möglich stets die Gegenwart.
Liebe und Leben und Lieder
wachsen immer wieder.

(1925)

KONZERT

Dieses Konzert gefiel mir ausnehmend. Ich horchte gleichsam über die Musik vornehm hinweg. Der Dirigent rührte mich. Lasse übrigens, bitte, nicht außer acht, wie sehr ich Grund zu haben glaube, mich für gebildet zu halten. Muß man durchaus in die Gebilde der Kunst versinken? Das scheint mitunter geboten, ist jedoch nicht immer unerläßlich. Was mich pakken wollte, ließ ich kühl an mir abgleiten. Um mich für einen Mangel an Ergriffenheit zu entschädigen, fing ich mit meinen Nachbarinnen stumme Unterhaltungen an, eine Beschäftigung, in die ich tiefern Sinn zu legen wußte. Hier berührte ich auf zarte Art eine Hand, dort ließ ich ein paar Augen dadurch hell aufschimmern, daß ich sie warm anschaute. War es schwierig, mit einem Bein zu korrespondieren? Solche Anknüpfungen sind stets unzweideutig und werden darum auch im Nu begriffen. Zärtlichkeit, mit Vernunft angebracht und einigem Geschmack vorgetragen, kann sich unmöglich anders als beliebt machen. Mein Fuß fand Gelegenheit, an ein Füßchen zu appellieren, das für die Sprache, die er führte, Neigung zu haben schien. Ich war demnach sozusagen nach jeder Richtung hin mit Arbeit überhäuft. Ist denn nicht die Kunst die Dienerin des Lebens, die aufheitern und glücklich stimmen soll? In bester Gemütsverfassung verließ ich denn auch, als der letzte Ton verklungen war und man sich erhob, den Konzertsaal. Wie einer, der seine Pflicht erfüllt hatte, schritt ich die Treppe hinab. An der Garderobe war ich Damen beim Mantelanlegen behilflich, wie sich's schickte und es die Betreffenden entzückte. Galantsein zähle ich zu den schönsten Genüssen. Mithin sag ich wohl mit Recht, das Konzert habe mich befriedigt. *(1925)*

ICH NANNTE MICH TANNHÄUSER

Gestern ist von mir ein sehr schönes, gutes, nuancenreiches Betragen an den Tag gelegt worden. Wie ich mich stilgerecht beherrscht habe, und wie ich eigentlich gar nicht nötig hatte, mich zusammenzunehmen! Darf ich wohl mitteilen, daß ich im Restaurant Kaninchenbraten mit Kartoffelstock aß, indem dies beides mit Sauerkraut garniert, verziert gewesen ist? Letzteres hat mir ausgezeichnet gemundet, es war eben recht sauer, d. h. ich glaubte, die Säuerlichkeit sei nach allen Richtungen gleichmäßig verteilt gewesen. Nachdem ich mir auch noch Zeitungsnachrichten gehörig hatte schmecken lassen, legte ich mir den wohlklingenden Namen Tannhäuser zu, ganz aus allernächster Eingebung, und zog als solcher hinaus in die sonnige Gegend, direkt gegen einen Bergzug zu, den ich in stattlicher Gelenkigkeit erklimmte, indem ich mich an Baumästen, wo das nottat, elegant in die Höhe zog. Im Tannenwald hatte ich eine Begegnung, nämlich die, die ich am allerwenigsten erwartete. Man kann da demnach von einem überaus unverhofften Antreffen reden. Meine einstige Geliebte war's, die an Seite ihres Mannes und zweier kleiner Kinder daherzuschreiten kam. Ich grüßte die Freundin mit einer mich selber verblüffenden Unbefangenheit und wurde wiedergegrüßt. Was konnte ich Besseres verlangen? Auf dem Berggipfel saßen im Wintersonnenschein Leute am Boden, die erstens die entzükkende Alpenaussicht, zweitens ihren Imbiß genossen. Es kam dann einer daher, der mich lange, lange anschauen zu sollen sich für gebunden glaubte halten zu sollen. Ich gewährte ihm das Vergnügen gern. Seine Augen schienen mich etwas zu fragen, ich hielt mich aber nicht für verpflichtet, zu erraten, was. Ich strenge mich am liebsten immer erst dann geistig an, wenn's etwas abträgt. Ein Haus stand einsam an einer Halde. Schade, daß ich dieses Wort Halde brauche; erinnert es nicht zu sehr an Gedichte und Geschichten, die jeder schon irgendwann kennenlernte? Aus einem andern Hause rief ein Mädchen aus allen Kräften nach ihrem Rudi, er solle machen, daß er heimkomme, aber sof-fort. Wie die helle, befehlende Stimme am Waldrand fröhlich klang. Ich meinerseits spielte nun den Tiroler, indem ich mir die Hosen über die Knie hinaufzog und eine Weile nacktbeinig weiterging. Was so einem Tannhäuser nicht einfällt! Womöglich noch anderes als nur Wädeleien. Drei Mädchen schauten mir etwas später entrüstet ins Gesicht, das ihnen ein wenig zu glücklich vorgekommen sein mag. Unsere Zufriedenheit macht auf die Umwelt den Eindruck von etwas Gefühllosem. Aber wenn du so suchend, so verlangend, so verunglückt ausschaust, wirst du dann nicht bisweilen lachhaft befunden? Eine Wirtschaft war voll pelzmäntelanziehende Frauen und tischeinbeschlagnehmende Herren. Abends war ich dann im Theater, wo eine sehr nette, ich möchte sagen, geschmackvolle Oper vor ausverkauftem Haus gegeben wurde.

Die Heldin spielte bald Dienstmädchen, bald Dame, der singende Held bald den Herrn und Gebieter, bald den Unterliegenden. In der Zwischenpause nahm ich mich einer Waffel milde an, indem ich sie barmherzig verzehrte.

O, wie sie sich freute, daß sie mir schmeckte.

Sie lächelte, als ich sie zerbiß.

Indem sie litt, machte sie sich mit dem Sinn des Daseins bekannt.

Die Lady auf der Bühne trug eine Sammetschleppe und beliebte eine Reitgerte in der behandschuhten Hand zu haben nebst einem Federhut auf dem Haar. Ein ganzer Kranz von Fräuleins kam graziös aus dem Wald hervor, aber vom Helden ist zu melden, daß er eine Prachtsarie mit Bravour sang, die ihm reichen Beifall eintrug. Er war nur ein schlichter Akkerbauer, und wenn er laut betonte, die Lady sei sein, und wenn er damit zunächst nicht Anklang fand, vielmehr zum Gefangenen gemacht wurde, so mußte uns das einleuchten, die wir die Tribüne mit unserer Gegenwart ehrten. Er verstand überaus reizvoll zu liebhabern, sie auch, und Geschehnis, Farbe, Musik klangen aufs wünschenswerteste zusammen. Das ganze Haus hatte gleichsam vor Vergnügen eine rote, frische Wange. Solch einen Theaterabend lob ich mir, an welchem sie sich zuletzt dann doch noch zum Glück bekamen.

Ich sah, wie die Sängerin, die die Lady spielte, mit den Augen in den Himmel hinaufzündete. Als er sie umarmte, schien mir die Umarmung groß genug, daß sie in derselben schier verschwand. Sie wurde ganz klein, fast unsichtbar. Nur ihr Haar lispelte: »Hier bin ich.« Sonst nahm man gar nichts mehr von ihr wahr, so fest, so innig hielt er sie. Sie existierte nur noch als ein Stückchen Umschlungenheit. Sie war eben, wie man sagt, völlig weg. Sie war so froh über seine fromme, entzückte, liebende Übermacht. Er wieder hatte beide Hände voll zu tun mit Sichmächtigerweisen. Ah, wenn der Starke mit den Armen etwas Schwaches, etwas Weiches umhalsen möchte und nichts finden würde und ins Leere taumelte ...

(1925)

MOZART, SO HIESS EIN MUSIKUS

Mozart, so hieß ein Musikus,
der machte fabelhafte Melodien,
die heut' sich noch durch uns're Herzen zieh'n,
indem ein Gott dem Mozart hat verlieh'n
die Gabe, daß ihm jeglicher Verdruß,
den er durchkostet hatte, sich zum Schluß
verwandelte in einen Himmelskuß.
Nimmer
wird seines Wesens Schimmer,
zu Schällen bloß geworden, uns entflieh'n.
(364a/IV)

(1925)

Ein sowohl auf's Dunkelbraunste wie Geschmackvollste, also sehr anziehend und reizvoll mit Sauce begossener Kalbskopf harrte, dicht vor mir auf dem Teller, d. h. Silberplatte liegend, meines Winks, mir auf das Wundervollste zu schmecken. Ein fiebrisch glühendes Dienstmädchen, das sich auf meine bescheidene Anfrage hin als eine aus ihrem Dienst Entsprungene auswies, sagte mir, sie habe sich in der Stille ihrer Gedanken entschlossen, ebenfalls Kalbskopf zu essen. Ich gab an und warf auf, sie tue gut daran. Statt [für] Rösti, sagte sie, habe sie sich aber für Nudeln entschieden. An der Wand hingen nicht Erhenkte, wohl aber diverse zügellose Plakate, und draußen auf der Straße, die ich durch die Fenster sehr gut sehen konnte, stand die Sonne gelb und schön wie eine Gestalt mit mitmenschlichem Gesicht. Im Nebenzimmer hämmerte jemand, den ich im Geist sogleich bestens einkleidete, auf die geduldigen und engelhaften Tasten eines Klaviers, indem er drauflosklingelte und -phantasierte. Unwillkürlich nahm ich, bewogen von dem Tönestrom, der mich beglücken mußte, die Haltung eines Romantikers an, mir gleichwohl sagend, wie sehr es mit der Träumerei eine zarte, leichtzerbrechliche Sache sei. Von einem Hügel schaute der entlaubte Wald mild, ich möchte sagen, mütterlich und väterlich auf's Städtchen herab, und das Landvogtschloß lachte beinahe, und das Lachen war ein durchaus architektonisches, und die Architektur war die denkbar feinste und beste. Wie muß es jetzt im Schloßhof oben, durch den einst ein Mörder zwecks Strafvollzuges geführt wurde, still sein, kam mir in den Sinn, während die Perioden und Attitüden in einem fort wellen- und treppenhaft auf dem Klavier rauf- und herunterrollten, in die Luft sprangen, um zu verhallen, was mir einen Eindruck von Küssen machte, die ja darin Tönen gleichen, daß sie so süß, so angenehm, so wertvoll und illusionenvoll, wie ja doch stets wieder unwiederbringlich verloren sind, aber wer sich aufgehört, zu lieben und zu liebkosen, wem das vielleicht zeitweise verleidete, der muß und darf es von neuem anfangen, wie ja auch die sterbenden, gestorbenen Töne beim Musizieren [in] anderen, die den verflogenen folgen, neu blühen und aufleben. Gewiß sitzt er unvergleichlich schön an seinem Instrument, dachte ich vom Spieler, indes zu meinem Bedauern der herrlichste aller Kalbsköpfe plötzlich gar nicht mehr vorhanden war, sondern sich nach irgendwohin begeben zu haben [schien]. Mit anderen Worten, die weniger umständlich klingen, er war durch die Persönlichkeit, die ich bin, allmählich verzehrt worden. Nebenbei sei gesagt: Leute, die einen Dichter von morgens früh bis spät aben[d]s am Dichten stören, verlangen von demselben in kürzester Zeit die Hervorzauberung überraschendster Meisterwerke. O, auch ich hatte ja schon hie und da ein regelrechtes Toupé. So ein Toupé ist etwas ganz Entzückendes, und dasselbe besteht in totaler Abwesenheit gesunder und vernünftiger Würdigung. Wer sich selbst gewöhnt ist, nicht richtig zu empfinden, der empfindet natürlich auch einen anderen nicht. Aber dem Dienstmädchen gegenüber hatte jetzt eine Hexe Platz genommen, die in Begleitung einer Geisswilerin aufgerückt war. Die Hexe versuchte sich dadurch in ein Einvernehmen mit mir zu setzen, daß sie an ihrem funkelnagelneuen Hut herumzupfte, aber ich sagte mir gleich, sie sei mir zu bleich. Im übrigen behandelte ich sie freundlich. Vor allen Dingen fragte ich sie, wie sie etwa die Güte und Gnade habe zu heißen, wonach sie kundtat, sie lasse sich Frau Direktor[1] titulieren, eine Anspielung, die ich mit Vergnügen gelten ließ. Zwei ausländische und sehr zarte Saaltöchter, die sich auf einer Reise in ein Stellenvermittlungsbüro zu befinden schienen, hatten zu meiner linken Seite Posten gefaßt, vielmehr also sozusagen Aufstellung genommen. Die eine dieser Töchter ließ sich den Stadtanzeiger reichen, damit sie sich in demselben orientiere, was in der Kapitale oder Metropole los sei. »Verzeihen Sie, daß Sie neben keinem Besseren, als ich bin, zu sitzen gekommen sind«, sprach ich die Fremde sehr fein an. Sie erwiderte, sie sei überzeugt, daß ich artig sei. Es konnte nicht fehlen, daß sich mein kalbskopfjetztebenfallsvertilgthabendes Dienstmädchen vor der vis-à-vis sitzenden Hexe fürchtete. Derlei Mädchen fühlen überaus naturhaft. Was wieder niemand als bloß mich betrifft, so erbat ich mir nunmehr von der Magd leihweise den Puls, damit ich denselben abtaste. Sie willigte ohne Umstände in die Ärztlichkeit ein, und nachdem ich meine Untersuchung beendet hatte, teilte ich ihr das Resultat derselben ergebenst mit, indem ich zur Äußerung brachte, ihr Puls scheine mir ein schon beinah zu feuriger Tänzer. Vielleicht gehört es zum Schönsten in dieser Novelle, daß nun von irgendwo eine Dame auftauchte und kaum, daß wir wahrgenommen hätten, wie es geschah, sich an unseren Tisch gesetzt hatte, und zwar so anstandsvoll, daß ich in die Berechtigung versetzt zu sein glaubte, die Frage an sie [zu] adressieren, von wo [sie] den köstlichen und großen Edelstein herhabe, der ihre Finger so auffallend und zugleich so diskret verschönere. Natürlich gab ihr den Stein irgend so ein liebender Kräusi, mit anderen Worten ein alter Herr. Der Stein glich einem Hirschkäfer und die ganze Dame einer großen abendsonnentaumelnden Mücke. Sie stand bald auf, um

1 »Doktor«

noch in's Symphoniekonzert zu gehen. Das glühende Dienstmädchen war in's Theater gegangen, und die Saaltöchter, die von ihren Reiseerlebnissen ermüdet waren, begaben sich fort, um sich und all ihre Schlänke und Zärte in's Bett zu legen und begeben. Wieder trat ich zur Hexe hin, die sich mit einem Blinden inzwischen unterhalten hatte, dem es ja egal sein konnte, wie sie aussah, und erkundigte mich bei ihrer Erfahrenheit, was sie von der Edelsteintragenden halte. Doch sie jagte mich barsch fort. Sie und die Geisswilerin trat[en] nunmehr auch ihrerseits von der Szene ab, auf welcher nur noch eine Tafel voll Stadträten übrig blieb, nebst neugierig Hereinguckenden, wie z. B. diesem Bichsel. Einer trat herein und fragte nach dem Verbleib eines gewissen Bieri. Er spaziere wahrscheinlich hieß es. Ich meinerseits nahm nun eine Zeitung zur Hand, damit ich [mich] gewissermaßen erhole und gleichzeitig ein wenig bilde.

(147b/I)

(1925)

Daß mich immer wieder etwas beschäftigt. Man wird nie fertig, und dabei kränkle ich. Ein anderer würde nachdenklich.

Diesmal ist's eine Gerda. Welch hübschgekräuselter, naiver Name.

Ihr Vater machte sich durch Haudegentum kenntlich. Gerdas Mutter, eine Sängerin, hielt es beim Schroffauftreter so lange aus, bis sich zwingende Gründe genug aufgehäuft hatten, die ihr das Recht gaben, zu sagen: »So, jetzt wird geschieden.«

Sie ging zur Bühne und riß allabendlich, das heißt, jedesmal, wenn sie die Güte hatte, keine Entschuldigungen vorzubringen, nicht abzusagen, sondern aufzutreten, ein auf ihren Gesang lauschendes Publikum zu stürmischen Ovationen hin.

Der Barschauftreter führte inzwischen das langweiligste Dasein.

Eines Abends saßen Vater und Tochter auf der von angenehm temperierter Luft umsäuselten, umlöckelten, mit zierlichem Geländer geschmückten Terrasse, sie töchterchenhaft in vielversprechende Ferne träumend, er im Anzeiger eine Annonce lesend.

»Sollte sie das sein?« stieß er hervor und machte sich gleich anderntags auf die Beine und besuchte sie, nämlich die zur Kunst Übergegangene, die er natürlich immer noch liebte, obschon er immer nichts wie knotiges Auftreten für sie übrig gehabt hatte.

»Wen darf ich anmelden?« fragte der Bediente.

»Einen Ehrenmann«, erwiderte der, der sich unbedingt dafür hielt.

Es dauerte lange, bis er zu derjenigen vorgelassen wurde, die er unzähligemal angeherrscht hatte, was er vorsichtshalber besser hätte unterwege lassen sollen. »Sie wünschen?« fragte sie mit all dem Goldton und Silberklang einer durch und durch geschulten Sängerinnenstimme, und in dem Augenblick hielt sie auch, ob's passend war oder nicht, mag unentschieden bleiben, ihren Geliebten mit der Kraft im Arm, die Damen eigen ist, die zu altern anfangen und hievon im Innersten nichts wissen wollen.

Es war dies ein Landwirt Horst!

Nicht wahr, Leser, es ist unmöglich, über den sattsam bekannten Liebhabernamen nicht schnell ein bißchen zu lächeln.

Horst schien wie zerdrückt vor Umarmtheit, man sah kaum noch etwas von ihm.

Indem sie den vor ihr Stehenden erkannte, sprach die Meisterin der Situation zum Draufgänger:

»Was willst du nun noch, nachdem ich mich aus eigenen Mitteln zu neuer Lebensform und -weise durchgerungen?«

Eine Weile blieb er wortlos, worauf er nicht viel anderes vorbrachte, als:

»Ich habe hier nichts zu suchen.«

»Angenehm, daß du das einsiehst.«

»Nur noch dies: Denke an deine Tochter, die dich liebt, und für die dein Geliebter, der dir ja doch untreu werden muß, vermutlich eine Partie abgibt.«

»Kamst du hierher, Unhöflicher, Unleidiger, mir so gut Grobheiten wie Wahrscheinlichkeiten ins Gesicht zu werfen, vor dessen sieghaftem Ausdruck du zittern solltest? Mach, daß du gehst!«

Er ging; denn seine Mission schien ihm erfüllt, und es kam, wenn auch nur allmählich und langsam, so, wie er andeutete.

In Gerda, diesem reizvollen Pflänzchen im zersplitterten Gärtchen, wuchs zum Entzücken desjenigen, der dasselbe auf dem Klavier akkompagnierte, ein ungeahntes Talent, sie sang so herrlich wie ihre Mama.

Horst hörte sie bei ihrem Erstlingsauftreten, und nichts wurde von da an so mächtig in ihm wie der unbefangenste Heiratsgedanke.

Doch, was vergaß ich? Ich übersah, zu sagen, sie habe Salvatini geheißen, die zu ihrem heißesten Schmerz ihren oft vor Liebe schier aufgegessenen Horst aus der Fessel freigeben mußte.

Unzählige Seufzer begleiteten die Einsicht in die Notwendigkeit der vornehmen Haltung und Handlung; sie gab sich ganz ihrem tönenden Werk, Gerdachen das Röllchen eines beglückten Hausfrauchens mit durchschnittener, aber vielleicht gerade darum noch schöner singenden Brust und gepreßten Atemzügen überlassend.

Horst erlebte eine wundervolle Strandnacht voll Geschäker, Geplätscher.

Gerda sagte ihm häufig: »Sei doch gescheit.«

Zuversichtlich bebaut er jetzt sein Land, daß Felder und Äcker vor rationeller Bearbeitetheit dampfen und schwitzen.

Sollte es Schöneres geben als liebenden Überschwang, zuerst zerklüftet, gebirghaft getürmt, dann geebnet, erleichtert, von Besonnenheit geglättet?

(1925)

ICH WILL IN DIESEM ZUNÄCHST BESCHEIDENEN, GLEICHSAM DÜNNEN UND KLEINEN MEMORANDUM

Ich will in diesem zunächst bescheidenen, gleichsam dünnen und kleinen Memorandum leise, d. h. anders sein, als wie ich mich in einem soeben nicht sonderlich gescheiterweise abgefertigten gegeben habe, worin ich auf die wohltätigen Anforderungen des gewissen Maßes an Zurückhaltung, oder sagen wir Haltung, oder noch besser, geistigem[1] Aussehen zu wenig Gewicht legte. Lautheiten, Knäbliges pflegt zu verstimmen, ich sollte das ja vielleicht selber am besten wissen. Weiß ich es vielleicht nicht mehr? Bin ich das Opfer einer Empfindungslosigkeit geworden? Das könnte ein Beweis von Gesundheit sein. Von verschiedenen Seiten her sind mir übrigens schon gelegentliche Leisheits- und Weisheitswinke erteilt worden. Ich will mich also auf diesem Blatt Papier still gebärden und Ihnen in diesem Sinn zur Kenntnis geben, daß ich heute früh und gestern abend zwei, wie mich dünkt, recht unvorsichtige, teilweise vielleicht sogar unartige Sendschreiben an Adressen absandte, die zum Glück nicht Stätten oder Stellen vergegenwärtigen, wovor man unbedingt Respekt zu bekunden hätte, obwohl es meine Meinung ist, daß man gut tut, sich Respektierung überhaupt anzugewöhnen. Sie werden aus dem Ihnen hier bisher Mitgeteilten gemerkt haben, wie ich mich einfachster Stilisierung befleißige, nicht zwar deshalb, weil ich mich zu glauben oder für möglich zu halten erdreistete, eine komplizierte Sprechweise

1 »gewichtigem«

würde Ihrem ebenso zarten wie zweifellos reichen Auffassungsvermögen Mühe verursachen. In eben ausgesprochener Einflechtung liegt gleichsam an sich schon eine Art von Unhöflichkeit, über die Sie die Güte haben werden hinwegzublicken. Nicht wissend, ob meine hiesigen geschätzten Vorgesetzten mit meinem Betragen und meinen Leistungen zufrieden seien oder eventuell immer noch nicht, was keine Unmöglichkeit ist, da ich im allgemeinen von einer etwas träumenden, lässigen, spielenden, hie und da wohl auch vergeßlichen Konstitution bin, stand ich da eines Abends um die neunte Stunde auf das Stimmungsvollste, indem ich eine Pfeife Tabak rauchte, vor einem Gebäude, das einst eine Gesandtschaft enthielt und in sich umfaßte, das aber heute, wenn ich richtig beobachtet haben könnte, eine Glätterei birgt oder beherbergt, die ja ihrerseits eine durchaus nützliche Institution darstellt. Bäume ließen ihre Äste auf (m)eine Person niedergleiten, von der Sie notwendigerweise wissen müssen, daß sie keine Bedenken trägt, Kletterstangen zu erklimmen, die zum Nutzen der Jugend in Schulhöfen angebracht sind, womit ich vielleicht etwas ausgeplaudert habe, was sich seltsam anhört und was sich besser in der Versenkung der Schweigsamkeit aufgehoben gefühlt hätte, oder mit welcher sonstigen Satzwendung man dies ausdrücken könnte, was gottlob immerhin eine Bagatelle ist. Insoweit ich mich entschlossen habe zu hoffen, daß dieses Schriftstück hier ein Beweisstück der Gebändigtheit darstellen werde, wozu ich innerlich aus mancherlei Gründen ja sage, wage ich Ihnen nun mit einer gewissen Verzagtheit die sehr ergebene Mitteilung zu machen, ich hätte einem bezauberndschönen Mädchen auf einen Temperamentsausbruch hin, dem sie sich zwar mit voller Berechtigung mir gegenüber hingab, beinah zitternd zugerufen: »Du bist im Interesse der Annäherung der Nationen still!« Indem ich sie auf die Undenkbarkeit hinwies, zuungunsten eine[s] sich langsam vollziehenden Werkes von kaum überblickbarer Bedeutung Weichherzigkeiten geltend zu machen, die nicht nur wie Trotz aussehen, sondern in der Tat in den meisten Fällen eine Auflehnung gegen die Aufgabe sind, uns zu erziehen, d. h. auf manches Vorteilhafte verzichten zu lernen, zog sie sich aus dem Gebiet ihrer übrigens ungeheuer feinen Rechthaberei verdutzt heraus. Mir Siegesbewußtsein überlassend, meinte sie, gesiegt zu haben, aber es hatte etwas in mir Lust, über die Ungünstigkeit dieses Sieges tage-, ja noch wochenlang unzufrieden zu sein, denn Zufriedenheit mit uns selbst kann für uns etwas Beschämendes haben, wie uns die Beunruhigtheit ruhig, dagegen aber die Beruhigtheit mitunter unruhig macht. Rasch über den Umstand weggleitend, daß ein Humorist in einem von unseren Vergnügungsetablissements einen beifallgekrönten Vortrag abhielt, dem ich dadurch beiwohnte, daß ich seine Besprechung im Tagblatt verfolgte, und mich ebenso schnell einer Erscheinung entledigend, die im Freien eine Orgel drehte, komme ich auf das Buch eines Kultivierten zu reden, das mir, als ich es innerhalb einer sehr soignierten Wohnung gelesen hatte, wie ein auf warmen Mädchenhändchen zerfließendes Schneeflöckchen vorkam, indem eine Feinheit in diesen Gedrucktheiten die andere auflöste, und weil ich zu lebhaft und wehmutvoll an eine arme kleine Tänzerin dachte, die von einem Tanzlehrer instruiert wurde, der die Schülerin mit Anrufungen voll eiskalter Verächtlichkeit, die die Qualität von Peitschenhieben besaßen, in die glühendheißeste Tanzlust hinauf- und hinabzujagen durchaus solid und ehrbar bemüht war, was sie Mühe hatte zu begreifen, die mehrfach hinzusinken schien, eh' sie die geziemende Belebtheit erreichte, die das Fundament tänzerischen Sichsicherfühlens bildet. Es darf von Tänzerinnen nicht so getanzt und es darf von Lebendigen nicht so gelebt werden, als riefen die Lebenden: »Ach, habt Mitleid mit uns!«, sondern es muß so getanzt werden und gelebt werden, daß wir brauchbare Exempel sind, wobei Sie verstehen werden, wenn ich das in der Tonart der Direktheit sage und nicht bloß im Ton des Inaussichtstellens und Glaubens, wenn ich es so sage, als wüßte ich es genau, und nicht so, daß es Ihnen vorkäme, als sei ich diesbezüglich in einer Verschleiertheit des Wissens, die den Eindruck des Rücksichtsvollen macht. Die Drehorgel, die von einem Menschen gespielt wurde, der aufgehört hat, etwas zu gelten, was übrigens mit jedem von uns vorkommen kann, hatte etwas Besonderes, Vollkommenes, wohingegen der vortragende Humorist bloß menschlich-komisch arriviert haben wird. Es braucht sehr viel, um aus einem den Bürgerlichkeiten entstamme[nden] Mädchen eine gute Tänzerin zu machen, ihr einzuprägen, in welchem umfangreichen Maß sie Selbstvergessenheit zu lernen hat. Die Melodien eines Leierkastens kommen aus der Höhle der Mechanik gänzlich gefühllos an's Tageslicht des Gehörtwerdens herauf, und nichts als gerade dieses Gefühllose setzt ein Gefühl in Tätigkeit. Da Ihnen vielleicht nicht ganz lieb ist, was ich da bezüglich der Orgel erwähne und was ich in Bezug auf die Tanzkunst vorbrachte, die auf ähnlicher Gefühllosigkeitsvollkommenheit zu beruhen wünscht, wie es bei der mechanisc[h]en Art von Musizieren ohnehin der Fall ist, rede ich lieber noch von einem Gang, den ich tat, den ich mir zuerst abringen mußte, eh' ich ihn auszuführen vermochte, und wobei ich [auf] alle näheren Erklärungen vorläufig noch nicht eingehe. Es handelte sich dabei um eine Abbitte, d. h. nein, ich will das nicht so sagen, das hieße mehr sagen und zugleich weniger sagen, als was wahr ist. Oh, wenn man die Wahrheit sagen will, so stockt es in einem. Die Wahrheit zu sagen ist wegen des Einfachen, was daran ist, so eminent schwer, und deshalb ist es mir jetzt, als stehe ich unmittelbar vor Ihrem Antlitz so da und fühlte mich bemüßigt zu lächeln, und noch andere sitzen da, nicht nur Sie, und alle wären Sie sehr gespannt, was ich nun spräche, und soeben hätte ich's noch gewußt, und jetzt weiß ich nichts mehr, und das ist durchaus keine Störung, wie man das zu nennen pflegt, nein, durchaus nicht, niemand, niemand sagt das Wahre von sich, niemand kann es sagen, wir fragen uns umsonst, was uns denn am Wahren eigentlich so viel gelegen ist. Wer mir erlaubt, sie zu versäumen bei der Aussprache, dem sage ich viel und dabei bestimmt allerlei Wahres, wer mir aber befiehlt, die Wahrheit zu sagen, für den weiß ich nichts, denn dann fällt mir absolut nichts ein. Ich hörte den Leierkasten, das ist die Wahrheit. Wie Sie durch das Gefühllose zum Gefühl bewegt werden, werden Ihnen meine Unwahrheiten die Wahrheit über mich vermitteln. Die Wahrheit wird immer etwas bleiben, was man in Momenten des Unachtsamseins bloß so ausplaudert, ohne daß man sich dessen bewußt ist. Denn sehen Sie, es gibt viele Wahrheiten, die keine sind. Es kann z.B. jemand glauben, er spreche die Wahrheit, ob sie's aber wirklich ist, bleibt sehr fraglich. Die Drehorgel redet wahr, weil sie systematisch lügt, phantasiert, ganz naiv spielt. Und die Tänzerinnen können Wahrheit ausstrahlen, die Humoristen hie und da. Die vollende[t]ste Lüge kann wahr sein und die vollkommenste Wahrheit in diesen oder jenen Umständen eine Lüge. Auf's Heraushören kommt's an. Wahrheiten können Absichtlichkeiten sein. Sind es dann noch Wahrheiten? Unbeabsichtigte Lügen sind keine Lügen mehr. Man kann sich jetzt verstehen, und jetzt oder nachher wieder nicht mehr. Man muß eben schon mit Wenigem übereinstimmen können, und ich wünsche nicht, daß Sie mit mir zufried[en] sind, aber mit sich.

(396/I)

(1926)

ÜBER EINE OPERNAUFFÜHRUNG

Ich aß sehr spärlich, kam mir fromm vor, daß ich mich mit gelinder Beköstigung, mit dem dringlich Erforderlichen begnügte, die Erkräftigung bestand in einer Tomatensuppe sowie darauffolgendem Käsekuchen. Das war am Sonntag vormittag, d. h. gegen elf Uhr. Den Samstagabend verbrachte ich in Herrengesellschaft, wobei Kraftworte nach Belieben fielen. Einer von denen, in deren Mitte ich saß, lud mich etwas zu brüsk ein, ihm irgend etwas über die Ewigkeit zu sagen. Ich erwiderte ihm, das Thema interessiere mich nicht, indem ich beifügte, daß mir meine Bescheidenheit, die von beträchtlicher Ausdehnung sei, verbiete, mich geistig ins Grenzenlose hinauszubegeben. »Im übrigen«, sagte ich, »halte ich die Ewigkeit für einen Apparat, eine Art Gestell.« Man zeigte einige Verblüfftheit und bot mir einen Teller Kutteln an. Kutteln sind so eine Spezialität, ein Gekröse, das Ähnlichkeit mit Tiefseepflanzen hat, es ist Fleisch mit Fasern, Fransen. Der Leser verzeihe mir, wenn ich ihn mit solchen Bagatellen zu unterhalten wage, und er erfahre ferner, daß es im Lokal zu einer Unannehmlichkeit kam, indem sich zwei Burschen so aufführten, daß sie zur Räumlichkeit hinausbefördert werden mußten, was mit Promptheit vollführt wurde, nämlich vom Geschäftsführer. Er nahm die Schicklichkeitsverletzer beim jedesmaligen Kragen und setzte sie mit Prägnanz an die Luft. Den einen der beiden Bevorzuger extremer Richtung auf dem Gebiete nächtlicher Vergnüglichkeit bedauerte ich, weil er ein hübsches Gesicht besaß. Er verlor auf der Luftschiffahrt, die nicht beabsichtigt, sondern ziemlich erzwungen war, seine Tabakpfeife, und nun war es Sonntag, dessen herbstblätteliges Aussehen ich zu einem kleinen Ausflug benutzte, der mich zu einem Wirtshaus führte, das sich »Wirtshaus zur frohen Aussicht« nannte. Mit der Fröhlichkeit der Aussicht hatte es seine Richtigkeit. Die Hügeligkeit rings herum hatte gleichsam den Charakter des Zuverlässigen, nicht ohne graziös anzumuten. Den Weg rahmten Bäume ein. Nach einer Weile bewilligte ich mir ein Glas Bier und gelangte dann zu einem Pferderennen, in das ich eine viertelstündige Aufmerksamkeit hineinwarf. Man merkte mir gar nicht an, wie ich da achtgab. In der Stadt angekommen, drängte mich der Hunger zur Frequenz eines ebenso stattlichen wie weiter gar nicht exquisiten Lokals. Die Kellnerin setzte mir auf mein Kommando, vielmehr auf meine höfliche Bitte, ein sogenanntes Gnagi vor, das Gnagi war warm, und es bestand aus einem Schweinsmund. Meine Gedanken beschäftigten sich mit dem so ungemein wichtigen Metzgerberuf, ohne den wir nicht in die Lage kämen, so vorzügliche Bissen zu uns zu nehmen. Einwohner der Stadt der Völkerbundssitzungen setzten sich zu mir an den Tisch.

Abends saß ich im Theater, und ich werde wohl über die Aufführung etwas sagen müssen. Ich tu es sehr gern, denn es war eine Art Stubenmädchenstück mit lieblichster, lustigster und doch auch wieder bester, schönster und ernsthaftester Musikbegleitung. Es war eine der obersten Opern, die es gibt. War ich wert, etwas so Amüsantes mitanzuhören? Es war das hübscheste schürzenbewaffnete Mädchen, das da sang. Wie sie herumtrippelte! Vielleicht hielt sie sich für die Hauptperson, und in gewissem Sinn war sie sehr wichtig, da sich eine hochstehende Persönlichkeit eingehend mit ihr abgab, indem sie von dieser Repräsentationsfigur aufs sehnsüchtigste geliebt wurde. Aber da kam ein Page vor, der sich in alles, was einen Rock und eine hohe Frisur trug, bis zum Erzittern und bis ins fieberische Glühen verliebte. Die Rolle wurde von einem Mädchen gespielt, und natürlich sehr gut. Jedes Mädchen spielt ja das Verliebtsein nie anders als prächtig. Dieser Page liebte die Gemahlin des gebieterischen Menschen, von dem wir sprechen. So sang er sie denn schmachtend und doch auch wieder keck an, und diese Mischung von Verzagtheit und zarter Draufgängerei mußte bei der aufmerksam auf ihn Horchenden eine Empfindung wenigstens der Neugierde erwecken. Sie befanden sich zugleich in allernächster Nähe und in einer Entferntheit, von deren Beschaffenheit nur das entflammte Gefühl etwas weiß. Er sang wie ein begeistertes und dennoch um keine Begeisterung wissendes Vöglein, und das liebäugelnde Singen machte ihn silbern schimmern, und ihm schien, daß ihm sein Herz mit einem aus Rosen geformten Dolch durchbohrt sei, und aus dem Lied, das er sang, weinte und jubelte es über ihn herunter, und doch war sein ganzes Auftreten wieder weiter nichts als lachhaft. Natürlich trat jetzt der Herr der Situation ins Gemach. Herren von Situationen müssen beständig fürchten, sie könnten aufhören, es zu sein. Ein Kammerdiener stand im herzlichsten Einvernehmen zu seinem Ideal. Dieses Ideal war zugleich das Ideal jener erheblichen Persönlichkeit, die ihrer selbst nicht so sicher zu sein schien, wie sie wünschte. So schien also eine Gemahlin ihren Gemahl mit einem Pagen und der Gemahl seine Gemahlin mit einem Stubenmädchen zu betrügen. Mit dem Betrügen war's gottlob nicht allzu schlimm. Alle hinterlisteten und klagten, alle rückten vor und traten zurück, freuten sich und erschraken, spotteten einander aus und liebten sich. Es glich einem beständigen Necken bei sehr viel Empfindungstiefe, einem fortwährenden Unglücklichsein inmitten zauberischen Glückes, und das bißchen Falschheit, das überall seine Hand im Spiel hatte, erhöhte ja bloß das Interesse, das man an den Spielenden und Lebenden nahm; man fürchtete für alle, indem man sie um der Verstrickungen willen beglückwünschte, die das ihrige dazu beitrugen, daß sie nicht so schnell froh wurden, sich nicht allzu sicher fühlten, und das duftete wie eine große, schöne Pflanze, nämlich das ganze Stück selbst, aus welchem die saftiggrünsten Blätter reizendster Erfindungen wuchsen. Ach, wie sang und benahm sich die Dame schön, und wie war sie dabei von solch hoher Einfachheit. Die Spieler wetteiferten gleichsam im Eifer, zu disharmonieren, aber sie schienen dazu zu gut geschult; auch aus ihren Übermütigkeiten sah man Schönheit sprießen. Ich kämpfte mit einer Anwandlung von Schläfrigkeit, weil's mich dünkte, es sei gleich, ob ich wache oder schlafe; ich bildete mir ein, das Stück sei ein Traum, den ich auch mit geschlossenen Augen zu sehen, dessen Geist ich auch in der Geistesungegenwärtigkeit aufzunehmen vermöge. Die Stirne brannte mir. Das Theater war übrigens etwas zu stark eingeheizt worden. Wie sich dann aber alle gütig schieden und in schönen Verständigungen fanden. Ungeeignetes löste sich auf, indem die heitersten Verhältnisse entstanden. Der Mann von Gewicht bat die, die an ihn glaubte, an die er aber selber nicht mit so viel Freiwilligkeit geglaubt hatte, um Verzeihung, indem er vor ihrer Vortrefflichkeit niederfiel, aber auch jetzt hatte man mit der beinahe zu Zarten und zu Großdenkenden ein unbezwingliches Mitleid, ein Mitleid, das sich dann auch auf alle anderen bezog, womit man ja dem Verfasser des Stückes am ungezwungensten Dank sagte. Ich verließ das Theater im Gefühl, daß das Stück noch lange nicht aus sei, daß es immer weitergehen müsse, gar nicht zum Schluß kommen könne, wie das nimmerwelkende, immer wieder grünende Leben.

(1926)

Cécile stand in einem Kostüm, das die Blicke der Herren in deren Mitte sie sich begeben hatte, keinen Augenblick von sich ablenken ließ, mit einem Aufsatz in der schmalen Hand, gleichsam also im Besitz eines Beweises geistigen Sichangestrengthabens, in der Redaktionsstube.

Zweifellos machte ihre vorstädteliche Grazie auf die Vertreter und Verbreiter von Wissen und Bildung einigen Eindruck, was insofern vielleicht zu kühl gesprochen sein dürfte, als diejenigen, die Cécile baten, sich gütigst zu äußern, artig, d. h. besser ein bißchen schon ins Unartige hinein lächelten und zugleich, wie man sagen möchte, stutzten.

»Uns mit einer Peitsche ausgerüstet zu besuchen, wie bizarr das ist«, entfuhr es laut dem Haupt, durch das sämtliche Fäden liefen. Zerstreutheit, mit der ich mich hier quasi brüste, sei mir gegrüßt und sei genauster Prüfung bestens empfohlen.

»Sie hat ein Gesichtchen«, glaubte einer der Herren, offenbar ein Witzbold, bemerken zu sollen, »das mich vergessen läßt, wo und wer ich bin.«

Cécile schien ein Wunderwerk, aus Spöttelei und Schüchternheit zusammengesetzt, zu sein. Ihre Schuhe mit Ruhe anzuschauen, kostete beispielsweise Mühe, d. h. man besann sich dabei auf seine Intellektualität.

»Ich bin die Überbringerin eines Essays oder einer Glosse, die von einem Menschen stammt, der sie zu meinen Füßen schrieb.«

»Was es heutzutage für eine Sorte von Autoren gibt«, raunte der Chef, der am Pult saß, während ihn die übrigen umstanden, die seine Gehilfen zu sein schienen.

»Liebes Fräuleinchen, wie heißt Ihr Freund?« wurde zielbewußt oder absichtslos gefragt.

Cécile erwiderte: »Wie er heißt, hat er mir nicht gestattet, Ihnen zu sagen, und was die Art betrifft, wie es Ihnen gefallen hat, mich anzureden, so bin ich nicht gewöhnt, daß man allzu schön mit mir umgeht. In einer Stadt, die von lauter verantwortungsvollen Jetztzeitmenschen bevölkert ist, wurde einst eine Dichterin auf einen Buchhändler und Verleger böse, weil er ähnlich mit ihr umging, wie soeben Sie mich befräuleinelt haben.«

Cécile sah entzückend hübsch aus, indem sie sich in diese Empfindlichkeit hinauf wie auf einen Berggipfel verstieg.

»Sichtlich zürnt sie sich«, entglitt es einem der Angestellten. Vielleicht wäre »Beamter« hier das passende Wort gewesen.

»Ich würde, was Sie beobachten, an Ihrem Platz nicht ausgesprochen haben«, sagte tadelnd der Führende, und er fügte bei: »Jedenfalls lese ich ein Manuskript gern, das mir eine Person überreichte, die nicht nur eine reizende Erscheinung ist, sondern sich durch ihr Auftreten meine Sympathie erwarb.«

Er entfaltete, was ihm Cécile eingehändigt hatte. Mit einem kaum merklichen Stirnrunzeln ersuchte er seine Umgebung um das nötige Quantum Geduld, sich selbst gleichsam innerlich einen Verweis erteilend, daß er sich mit der Lektüre eines Erzeugnisses aus der Feder eines Unbekannten abgebe.

Nunmehr las er:

»*Chopin.* Schwer setze ich mich an den Tisch, beinahe bleischwer, denn indem ich an die Novelle ›Das verlorene Lachen‹ von Gottfried Keller denke, worin eine herzige Frau, die von Gestalt die Annehmlichkeit selbst war, sich mit ihrem wackeren Gatten auf eine sich auf einer Anhöhe befindende

Bank setzte und diesem ihrem Angetrauten achselzuckend sagte, sie finde, er sei ein ›Schlufi‹, was ihn selbstverständlich aufs innigste kränkte, wird mir ganz lustig, d. h. ich wollte eigentlich sagen, ernst zu Mute, und indem ich mich außerdem vom Gedanken packen oder umfangen lasse, der mir zulispelt, Chopin müsse ein Mensch gewesen sein, der die perlendste, rieselndste, schmachtlockenhafteste Musik gedichtet, vielmehr komponiert habe, und daß er wie aus einem fremden, verlornen, immerhin freundlichen, grünlichen, heimeligen Gebirge in eine Stadt herabzog, um mit seiner irgendwelches Erstaunliches aufweisenden Kunstfertigkeit sämtliche Frauen zu bezaubern, die diese Stadt bewohnen mochten, so, nicht wahr, der Satz zieht sich in ungeahnte Länge, ist es mir, als sei ich in einem Grad Empfindungsmensch geworden, wie sich dies ja bei der Porträtierung eines Lockenträgers und Klaviertastenbearbeiters höchst wahrscheinlich schickt, von dem zu behaupten sein mag, er habe das Glück gehabt, eines Tanzlehrers Sohn zu sein, wie ich einst flüchtig in einem bereits vergilbten Essay gelesen zu haben glaube.

Vor ungefähr dreißig Jahren las ich das, und jetzt streue ich's aus, als wär's meine eigene Eingebung, obschon das Wesentliche an diesem Aufsatze sein dürfte, daß mir einfällt, zu sagen, er habe kaskadenhaft geklopft, gespielt, gepoltert, gedonnert, indem es meines Dafürhaltens jeweilen, wenn er sich ans Instrument setzte, wovon er erklärte, es sei sein Liebling, zu einem vorläufigen Auftakt voll unvergleichlicher Wucht kam, wonach dann Juwelen usw. aus der Luft des Konzertsaales, d. h. wie aus dem großartig bemalten Plafond herab auf die zarten Schultern der zu tiefster Dankbarkeit neigenden Zuhörerinnen herunterfielen, sie so berührend, als wenn sie sie geküßt haben würden, derart, daß ein nervöses Zucken, elektrisch auffunkelnd, über diese salonhafte Haut hüpfte, samt ihrer vorher schon zu Hause vorgenommenen, äußerst sorgfältigen Pflege, woran keiner Anlaß hat, auch nur eine halbe Minute lang zu zweifeln, und nun ist es für mich natürlich ungemein schwer, die Schwermut zu verneinen, die bei der Vorstellung der musikalischen Veranstaltung, die Chopin darbot, über mich hinzittert und -läutet und -läuft, und es dürfte für mich mit noch weit mehr Schwierigkeit verbunden sein, die Architektur zu überblicken, die mir zu schaffen gelungen zu sein scheint.

Woge, oh, rolle, wohin du willst, doch, oh, ihr Chopintöne, treibt es nicht zu bunt.

Als sich einstmals der Verehrer einer frühgotischen Königin an den Platz, den sie einnahm, etwas zu nahe heranwagte, fertigte sie ihn mit dem Ausspruch ab: ›Jeder Narr hat seine Kappe‹, wodurch er sich, man darf es glauben, wie durchbohrt fühlte.

Chopin scheint in der Tat nie gelacht zu haben. Hieraus folgt, daß er sein Lachen nie verlor. Beständig blickte er düster vor sich hin. Sämtliche Aufheiterungsprojekte prallten an dem ihm angeborenen Bedürfnis ab, der Duzfreund der Wehmut zu sein, der er treu blieb, weil er sie schön fand und sie infolgedessen bevorzugte. Er kokettierte sein Leben lang, wird vielleicht erlaubt sein, zu meinen, mit dem Tod, und da jede feine Frau dies ebenfalls gern tut, weil es romantisch ist, was alsdann Wunder, wenn die Frauenwelt für Chopin und sein Werk schwärmte.

Eine Eigentümlichkeit bei ihm war, daß er sein Zutrauen nie bloß einer Einzigen zu weihen vermochte, sondern daß er seine Befreundungen echt chopinhaft, tönegleich, über vier bis fünf Angehörige des zarteren Geschlechtes schüttete und hingleiten und -leuchten ließ. Er scheint sich mit der Zeit auf eine Insel zurückgezogen zu haben, wo ihn an einer etwas einseitigen Lebensauffassung nichts hinderte.

Wie froh ich über diese Parade bin! So nenne ich nämlich mit des Lesers Einwilligung meinen Aufsatz.«

Der Chefredakteur dachte, nachdem er von diesen Zeilen Kenntnis genommen hatte, ein Weilchen über »irgend etwas« nach. Den andern kam es vor, als sei er ernst gestimmt, aber nicht zu sehr.

»Obschon mir scheint, Ihr Freund habe mehr aussprechen wollen, als was er bezüglich seines Themas vortrug, bin ich vielleicht geradezu darum geneigt, seine Arbeit für brauchbar zu erklären, die ich für eine gelegentliche Veröffentlichung gern behalte. Korrekturabzug wird ihm gegebenenfalls zugehen. Wollen Sie ihm dies mitteilen? Aber wie schade ist es, daß nun der Moment gekommen ist –«

»Wo mich die Herren sie nicht länger stören sehen«, sagte Cécile.

Es gab Komplimente!

(1926)

GLOSSE ZU EINER PREMIERE VON MOZARTS »DON JUAN«

Abgesehen davon, daß ich nicht einzusehen vermag, welche Vorteile für die Gesellschaft herauskommen, wenn die Courtoisie übertrieben wird, die nur insofern ihren Wert, ihre Geltung behält, als sie sich gemäßigt gibt, befand ich mich gestern – wenn Ihnen erwünscht ist, daß ich Ihnen dies zur Kenntnis bringe – auf der Tribüne eines Theaters, um zunächst meinen Augen zu erlauben, Zuschauerraumsspaziergänge zu unternehmen, wobei mir das exquisite Exemplar eines Füßchenpaares als beachtenswert auffiel, wonach der Vorhang in die Höhe gezogen wurde.

Sogleich entzückte mich eine gewisse prunkreiche Dürftigkeit der Ausstattung, indem sich die Dekorierung von einer blendenden Ärmlichkeit, einer bezaubernden Anmutlosigkeit zeigte, worüber ich in der erfreutesten Seele tief erschrecken zu müssen meinte, doch da ging der Atem der Handlung über die gespannt verharrende Bühne, und wenn sich nun nichts Lieblicheres, Humaneres, Netteres, Bewillkommenswerteres zutrug, als daß einer Kapazität, einer in hohem Grade verantwortlichen Persönlichkeit, die lustigen Lebenslichter von der zartesten Ruchlosigkeit, der besonnensten Zügellosigkeit, der fleißigsten Schlendrianerei und der frechsten Fürsorglichkeit ausgeblasen wurden, etwa so, wie wenn man ein Lampenlicht ausblasen würde, so entschuldige man mein lautes Lachen über ein Vorgehen, das ich händeklatschend mißbilligte, weil es mir sowohl als etwas Hinreißendes wie als etwas Unqualifizierbares erschien.

Himmlisch-schön schrie und rief nun eine sich in der Wucht

ehrlich empfundenen Schmerzes über die Hingesunkenheit herabbeugende schmiegsame Bühnengestalt um Rache. Ich gestehe, daß mich dieser Akt rührte, obgleich er auf einem denkbar wirkungslosen, trockenen, in sich zusammensinkenden oder dies doch wenigstens scheinbar wollenden, gleichsam wie mit Ölfarbe angestrichenen Podium stattfand, dem ich meinen aufrichtigsten, demnach also geheucheltsten Beifall zollte.

Einige behende Figuren, die mit den dünnsten und unschuldigsten Beinen der Welt behaftet zu sein schienen, sprangen dienstfertig herbei und schafften fort, was aussehen sollte, als sei es für immer von hinnen gegangen, was sich aber in Wahrheit Gott sei Dank anders verhielt. Was ging es mich an, und was konnte ich dafür, daß es da jemanden gab, dem das Leben gefiel, und dem zwei Frauen nicht sonderlich gut gefallen wollten, die sich bewogen fühlten, die langgezogensten Klagelieder über seine tadellose Tadelnswürdigkeit anzustimmen, die ihnen die Überzeugung beibrachte, sie zerflössen in lauter Mitleid mit sich wegen ihm, und sie würden in einer teppichhaftgewobenen Köstlichkeit des Leidens zergehen müssen, dessen stolze, große, über und über mit Abenteuerlichkeit verzierte Ursache er sei.

Das überaus Sonderbare an der Geschichte schien jedoch zu sein, daß der Haudegen ein Mädchen war, die sich das verwegene, nicht uninteressante Vergnügen leistete, als Held aufzutreten, und die im gewandtesten, geriebensten oder gewiegtesten Burschen einen Bedienten besaß, der für sie jeden Augenblick durchs Feuer gehen zu wollen sich durch die natürlichsten Fröhlichkeiten genötigt und durch die naheliegendsten Beweggründe eingeladen sehen mußte.

»Ach, arme Frauen, ihr ragt durch eine Treue hervor, und

ihr strahlt in einer Liebe und in einem Anteilnehmen, wie es angesichts des deplazierten Gegenstandes, für den ihr eure Zuneigung nutzlos vergeudet, nicht erklärlich ist«, sprach ich für mich und würde die Hände über meinen Kopf zusammengeworfen haben, wenn ich eine so auffällige Bejubelung dessen, was sich vor meinen Augen abspielte, hätte billigen dürfen.

Mir die nötige Zurückhaltung auferlegend, hörte ich, wie der Betörende mit einer Ansingerei begann, deren Klimperlichkeiten ihm selbst ziemlich stark auf die Nerven fallen mußten, und durfte sodann mitansehen, wie die beiden Damen zu sich sprachen: »Sie hält sich nicht für einen Mann; wir halten sie auch nicht dafür, und sie traut uns nicht zu, daß wir sie für etwas halten, was uns Besorgnis einflößen könnte, und wir glauben nicht von ihr, daß sie sich in Wirklichkeit einreden könnte, sie habe sich gegenüber uns irgendwie vergangen.« Reizend war's, wie sie sich vor Lachen schüttelten, und nun prahlte, tafelte »sie«, führte großartige Reden, verlor die wohlabgemessenste Menge von herausforderischen Gesten, um sich hierauf von einer in jeder Hinsicht ungerechtfertigten und zugleich nur zu wohlverdienten Strafe ereilen zu lassen.

Die Kulissen, die ihn umgaben, stürzten über ihn zusammen, und der Schluß der Vorstellung bestand in einem rötlichen, züngelnd auf und nieder gleitenden, seidengleich schimmernden Geloder von Flammen.

(1926)

ICH WOHNTE EINEM KONZERT BEI

Ich übernahm eine Aufgabe größeren Formates, mit der ich immerhin nur mit bescheidenster Schnelligkeit oder ausgedehntester Gemächlichkeit weiterkomme. Gehöre ich zu denen, die sich gern Zeit lassen? Jedesmal, sobald ich an den »Auftrag« herantreten will, um »Fortsetzungen« herbeizuleiten, tritt das »Leben« dazwischen und hält mich in der »Entwicklung« auf, und ich lasse mich scheinbar mit einer Art von Vergnügtheit »hemmen«. Inwiefern ich dem täglichen Leben nach wie vor hold gesinnt bin, ließ ich es mir gestern in einer »völkischen« Gesellschaft wohl sein. Ich saß an einem Wirtshaustisch einer aus vier Personen bestehenden Familie gegenüber. Vater und Mutter schienen einander zum Glück noch keineswegs im Weg zu sein. Ruhig umrahmten sie mit ihren Ehegestalten zwei kleine Kinder, ein Mädchen und einen Knaben, die ungefähr gleichaltrig sein mochten. Ich finde es erheiternd, wie sich im zarten Alter Knaben und Mädchen ähnlich sehen, derart, daß sich Mädchen- und Knabenhaftes nicht sehr abheben. Die gesamte Familie trank Milch. Auf des Vaters Teller schien etwas wie eine Wurst zu liegen, die appetitlich genug aussah, daß man annehmen konnte, sie schmecke ihm. Ich gab nun zu verstehen, daß mich das Benehmen des Knaben belustige, was die Mutter von mir offenbar sehr artig fand, denn sie fing sogleich auch an zu lächeln, als sie mich über ihren Liebling lächeln sah, denn eine solche Rolle spielte er bei ihr, die mir um ihres familiären Sinnes willen sympathisch wurde. Sind nun einmal Familienfreuden nicht die schönsten, die es gibt? Wer hätte Lust, dies in Frage zu stellen?

Mir gab kürzlich ein jüngerer Intellektueller ein Buch zu lesen, dessen Inhalt mich außerordentlich aufschlußreich berührte. Ich hatte dieses ziemlich schwierig zu erfassende Buch in einem von unseren Kaffeehäusern beinahe in einem Atemzug gelesen. Durfte ich auf meine Ausdauer nicht beinahe stolz sein? Dies bloß nebenbei! Wie ich das so sage: »dies bloß nebenbei«, als wenn die Lektüre famoser Schriften bloß Nebensache wäre! Übrigens erinnere ich mich in diesem Augenblick, wie mich ein modern eingerichtetes Zimmer entzückte, nachdem ich mich eine Zeitlang in einem Zimmer und in einem Hause aufgehalten hatte, wo mich Wände und Mauern beinahe allzuernst mit ihrem Vergangenheitscharakter anmuteten.

Gewisse Erinnerungen sind einem lieb, sie sind für uns etwas Feines, beinahe Köstliches, und sie liegen lange wie in einem Dunkel, um mit einmal, indem sie uns zur Gegenwart werden, ans Licht zu treten. Mich an etwas zu erinnern, das mir bedeutend vorkommt, wird mir zum Erlebnis, und Erlebnisse von so zarter Art kann man jede beliebige Minute haben. Nun zu der Familie zurück!

Mir war klar, daß die Mutter ihren Knaben deshalb so lieb hatte, weil er sie mit jeder seiner Bewegungen auf die fröhlichste, glücklichste Art lachen machte. Wir sind so gern bei guter Laune. Vielleicht darf man folgender Meinung sein: Väter sind zum Korrigieren, Überwachen ihrer Knaben da, Mütter aber mehr dazu, um sich heimlich und offen an der Ergötzlichkeit des aufwachsenden Stückes Männlichkeit herzlich zu erlaben, das sie mit dem so einfachen und doch auch wieder so merkwürdigen Namen »Sohn« bezeichnen. Ein Sohn ist für seine Mutter eine Sonne. Die Bezeichnung scheint dies ja schon an und für sich zu sagen. Die Natur selbst scheint anzuordnen, daß Töchter bei Vätern und Söhne bei Müttern auf eine Nachgiebigkeitsneigung zählen dürfen. Was gibt es Nachgiebigeres, Gütigeres, Geduldigeres, Anerkennenderes als das Vergnügtsein? Da die Töchter den Vätern unwillkürlich Vergnügen bereiten, was wohl weiter keiner Beweisführung bedarf, so sind nach dieser Richtung hin die Väter duldsam, und da die Söhne mit ihren Gestalten und mit ihren Äußerungen die Mütter mit freudiger Ahnung berühren, so sind auf diesem Gebiet die Mütter im allgemeinen überaus schonungsvoll. Ich ging nachher noch in ein Caféconcert, wo ein Geigenvirtuose brillierte, der mir in der Tat ungemein fein zu konzertieren schien, der aber, als er im Vortragen einer Etüde begriffen war, von einem gewissen Unwillen darüber ergriffen wurde, daß ihm das genügende Maß von Aufmerksamkeit nicht geschenkt wurde, und der zu dem ihn begleitenden Klavierspieler leise sagte: »Hören wir auf.« Aber ich sah ihn bald seiner Empfindsamkeit Herr werden. Er überwand seine Übelgelauntheit dadurch, daß er sie bei Gelegenheit vergaß.

Über das Vergessen wäre allerlei zu sagen. Ich vergaß z.B. letzthin einen Dienst, der mir erwiesen wurde. Wir sind imstande, das Wichtigste im Leben zugunsten von Unentscheidendem hintanzustellen. Man bildet sich oft auf Vergeßlichkeit recht viel ein. Es kann ebenso schön wie unschön sein, etwas zu vergessen oder sich irgend etwas zu merken. Ich finde es wundervoll, wenn in einem Spiel, wenn ein Ton kaum noch hörbar ist, man ihn desto eher zu vernehmen wünscht, man mit um so mehr Eifer auf ihn horcht. Ähnlich wie bei einer musikalischen Darbietung ist es im Leben, dessen Gutes, wenn es sich verlieren will, oder wenn es sich beinahe schon verloren hat, so wertvoll wird. Hier halte ich unwillkürlich, als wenn ich mich durch das Gedachte und Gesagte betroffen fühlte, inne. Gewiß gibt es etwas, das man nie vergißt.

(1926/1927)

DIE DAME AM KLAVIER

Auf göttlich-schöne
Art spielte ich gestern im Traum
Klavier.
Wie Blätter von einem Baum
flogen die Töne,
reizender Begeistertheiten Söhne,
himmlisch umher,
bald leicht, bald schwer.
Um mich ist's leer,
seit du entschwandest, Licht meiner Seele.
Weißt du es nicht,
wie ich um dich, Augenlicht,
an dem ich mich innerlich so innig weide,
nun leide?
Beeile, verkleide
dich und besuche mich, schnell, schnell, da ich kaum
mehr das Leere der Lage,
in der ich schwebe, die ich beklage,
länger ertrage.
Du schmeichelnder Verscheucher meiner Ruh',
o, schließ dein Ohr vor dem, was ich dir hier
lispelnden Munds zu sagen wage,
nicht zu.
Warum bist du so stumm?
Warum, warum
komm' ich zu solcher Frage?

(1927)

ICH SCHAUTE DEN NEUNTE SYMPHONIE-DIRIGENTEN ... SEHR EINGEHEND AN

Ich schaute den Neunte Symphonie-Dirigenten, als er mir heute im Sonnenschein auf der Straße der Entflammten, wie sich eine unserer schönsten Straßen nennt, begegnete, sehr eingehend an, denn mir ist bekannt, daß sein ehemaliges Dienstmädchen heute Diamanten trägt und auf großem Fuß lebt, wovon er, der für die Musikkultur die Verantwortung übernommen zu haben scheint, keine Ahnung hat. Da es Sonntag ist, will ich mich möglichst kurz zu fassen suchen. Der Arbeitslosenfürsorgeverantwortliche, den mein Journalistenzugegensein im Menschengewühl entdeckte, machte auf mich einen Erobererеindruck. Später sah ich in einem Lokal tanzende Mädchen, wovon es zwei sehr hübsch gebaute gab und die sämtlich nur mit sich selbst vergnügt sein zu wollen schienen. Als ihnen zwei Herren von unten herauf passende Artigkeiten in ihre erhöhte Loge hinaufwarfen, ließen sie durch eine Vertreterin wissen, daß ihnen nicht viel am Anschlußfinden an die Herrenwelt liege, woraufhin ich die beiden sich mit ihren romantischen Mänteln schmücken, ihre Hüte ergattern, sich von ihrem Tisch erheben und die Lokalität verlassen sah. Der eine hatte die Mädchen mit seiner schimmernden Frisiertheit und der andere sie mit seiner sonoren Stimmgewaltigkeit bezwingen zu können geglaubt. Einen schön(er)en Anblick bot das Sich-hübsch-und-schmiegsam-Fühlen der Tanzenden dar, deren fröhliche Bewegungen mit ihrer gesunden Gesichtsfärbung eine zwanglose glückliche Vereinigung bildeten. »Es müßte einer schon ganz eminent witzig, lustig, unbefangen und von denkbar umfangreicher Vergnüglichkeit gewesen sein, wenn er Aufnahme in einen Kreis hätte finden wollen, der einem Kranz und an sich schon einem Tanz glich«, sprach ich zu mir. In der Tat ist es schwer, solchen, die getanzt haben, mit einem Bemühen, sie zu unterhalten, einigermaßen zu genügen, da sie durch das Tanzen in des Vergnügtseins Innerstes geführt worden sind. Der Amüsierte ist immer der Amüsanteste. Da ich sagte, daß ich, weil es heute Sonntag ist, nicht viel sagen will, so weise ich nochmal auf die diamantige Erstaunlichkeit hin, und es bebt etwas in mir beim bloßen Klang des großen Namens Beethoven.

(100/II)

(1927)

SIE BESUCHTE DAS KONSERVATORIUM

Sie besuchte das Konservatorium,
um sich in musizierenden Gefilden
zur Konzertsängerin auszubilden,
und blieb beim zwitschernden Studium,
was sie bisher war, ein bißchen dumm.
Sie erwarb sich das Privilegium
zu glauben, sie dürfe nun in ihrem Schädelchen
sich haushoch über Stubenmädelchen
setzen aus keinem sonstigen Grund, als weil sich ein Rädelchen
mitten in ihr bemerkbar machte,
man nennt es Einbildung, doch plötzlich krachte
etwas in ihres zarten Gesamtlebens Kräften,
was sich nicht mehr zusammenheften
lassen wollte, doch bevor sie schon so jugendlich starb,
sang sie aus dem Schatz der Fähigkeiten, den sie sich erwarb,
ein Lied, worüber die ganze Nachbarschaft bloß lachte,
bis ihr der Tod sachte,
was die Begeisterung in ihr entfachte,
die sie gewiß für kurze Zeit unsagbar glücklich machte,
in seinem hohen, holden Sinn in Ordnung brachte.
Fast scheint es, daß ich die Sängerin nicht sehr achte,
weil mein Gedicht spaßhafter ausfiel, als ich dachte.
Einmal im Flug,
war ich nicht Herr mehr über mich genug
und ließ mich führen, wohin mich das Begonnene trug,
wobei ich ersuche, nicht zu wähnen,

ich vermöchte mein Verständnis nicht auch auszudehnen
auf schön're Arten von Sehnen.
(099/IV)

(1927)

ALLES, WAS MAN SICH UNTER NACHTIGALLEN VORSTELLT

Alles, was man sich unter Nachtigallen vorstellt, hatte zu singen begonnen. Der Fußboden, der Straße genannt wird, wies, ohne staubig zu sein, die erforderliche Trockenheit auf, und mit dem hintermichgeworfenen Erbe alter Verzagtheiten ausgerüstet, öffnete ich mit dem Benehmen eines Neulings mit Zuhilfenahme meiner rechten Hand die Tür des Gartens, der zum Haus zu gehören schien, worin diejenige wohnte, die mich eingeladen hatte, ihr einen Besuch abzustatten. Ich war, als ich auf die ebenso reizvoll wie einsam gelegene Villa hinzugeschritten gekommen war, mit Vergleichungen Dostojewskis mit Heinrich von Kleist beschäftigt gewesen, die mich in den Tempel des Resultates hineingeleitet hatten, die russische Schura habe einige Ähnlichkeiten mit dem Käthchen von Heilbronn, indem beide Literaturfiguren bis zu gewissen Grenzen an dem, was man Fallsucht nennt, litten. »Genialisch gescheiter Einfall«, hatte ich mir zugeflüstert, stolz hatten sich meine Daseinsbewußtheiten hoch emporgereckt, jetzt aber wurde ich von einer feinen, ziemlich stark auf mich einwirkenden Dienstmädchenstimme gefragt: »Was wünschen, zu wem wollen Sie?« Als ich der verhältnismäßig recht nett Kostümierten die aufklärungverschaffende Antwort erteilt hatte, die ein Lichtlein der Einsicht in ihrem lieblichen Oberstübchen angezündet haben mochte, ließ sie mich [in] einen vornehmen, d. h. matterleuchteten Korridor, der mit Stahlstichen usw. geschmückt war, eintreten. »Was werde ich erleben?« fragte mich die Schar der Neugierigkeiten, die mich aus meiner Innerlichkeit, die einem sauber aufgeräumten Stübchen glich, mit kinderähnlicher Zutraulichkeit anschauten. Ich liebe nämlich beinah alle meine Fehler, als wären es lauter Liebenswürdigkeiten. »O Gräfin, wie mich das freut!« wollte ich laut ausrufen, als mich die Frau des Hauses in Empfang zu nehmen kam, rasch besann ich mich jedoch vernünftigerweise eines Besseren und befahl dem Meer meiner Artigkeiten, sich womöglich auf eine Verbeugung zu beschränken. Gedacht, getan. »Treten Sie doch bitte gleich hierher in mein unzweifelhaft echtes Biedermeierzimmer und gebärden Sie sich, wie es Ihnen beliebt«, wurde in denkbar angenehmstem Ton gesprochen, der mich an einer Bürofräuleinerscheinung keineswegs in Verwunderung setzte, die sich mit ihren fabelhaft hohen Monatsgehältern einen Landsitz maßvollen Formates zu erschwingen in die Lage hatte geraten müssen. Wir setzten uns, d. h. mir leuchtete ein, daß es sich schicke, zuerst diejenige sich setzen zu lassen, die mich zum Platznehmen aufforderte, wonach ich sie unauffällig nachzuahmen haben würde, was ja denn auch geschah. »Habe ich wirklich das schon beinah unaussprechliche Vergnügen«, fing sie an zu plaudern, »den vielfach genannten Romancier als meinen hochgeschätzten Gast vor meinem Gesicht zu erblicken?« Eine echtempfundene Verlegenheit glitt über mein Unschuldsantlitz, das einem Prosastückfabrikanten eigen zu sein pflegt. »So viel würde ich Ihnen eventuell anvertrauen dürfen«, warf ich raschorientiert hin, »daß ich Commis in einer Geschirrhandlung bin, nachdem ich mich zeitweise im Messer-, Gabel- und Löffelfach beschäftigt gesehen habe.« Wohl mußte ich zu meinem Schmerz die Entdeckung machen, daß sich ein nicht zu mißverstehender Enttäuschungsschimmer auf ihren einnehmenden Gesichtszügen regenwetterhaft verbreitet hatte. Kaum wagte sie, mich noch anzuschauen, und großartig schien mir der Kampf zu sein, den eine bisher Gläubiggewesene mit den Ungläubigkeitsunannehmlichkeiten führte, von denen sie sich heimgesucht sah. Die Aussicht sei sehr hübsch, versuchte sie mich auf etwas Alltägliches, nämlich auf ihre in der Tat anziehenden Fenster aufmerksam zu machen. Sie wollte die flüchtige Bemerkung machen, daß irgendetwas, auf das sie sich allem Anschein nach nur zu emsig gefreut hatte, ihr als riesig schade erscheine, als es draußen klingelte, indem sich der Gast Nummer zwei herangeschlichen oder, etwas anders gesagt, genähert haben mochte, der denn auch nach wenigen Augenblicken in seiner Statthaftigkeit auftauchte oder anlangte. »Ich muß Ihnen eine der herbsten Enttäuschungen Ihres Lebens bereiten«, lispelte die Besitzerin der wundervoll gelegenen Villa. »Der Herr, mit dessen Bekanntschaft ich Sie vielleicht etwas voreilig habe erfreuen wollen, ist nicht das, wofür er in den Kreisen gilt, die das Unalltägliche höher als das Banausische schätzen.« »Er scheint allerdings vor Mittelmäßigkeit zu strahlen«, sprach mit der nötigen Gemessenheit der meisterliche Musikinstrumentemißhandler, der vom hübschesten Mund, den es je gab, gebeten wurde, sich zur Situationsausgleichung an [das] Möbel zu setzen, das in keinem Salon fehlen darf und dessen Vorhandenheit den Anwesenden nunmehr gestattete, in der schönen Welt des Genusses der Tonkunst still ihren Einzug abzuhalten. »Er sei bloß ein Handelsangestellter, der sich nebenbei mit der Bewältigung der Schwierigkeiten des Dichtens zart und geduldig abgibt, sprach er soeben zu mir«, redete die noch nicht vollständig Beruhigte zum Hervorbringer des Willkommenswürdigsten, was der Spielraum der Bildung der zivilisationsliebenden Menschheit spendet. »Sehr angenehm«, lautete [des] Klavierlöwen meiner Ansicht nach passende Erwiderung. Als der vollkommene und einwandfreie

Banause, als welcher ich mich enthüllte, benahm ich [mich], wie mir zu fühlen oder nach und nach zu merken gegeben wurde, zufriedenstellend. Der Pianodämon kam mir wie ein Engel vor, und jedem dürfte hoffentlich klar sein, daß man sich von einem Erfolg, wie er ihn [im] Bürofräuleinherrschaftssitz wie spielend davontrug, nicht leicht dadurch trennt, daß man sich erst spät wegbegibt. Auf dem Nachhauseweg unterhielten er und ich uns über das Problem, Herrschaften gegenüber den Fruchtbringer gelten[d] zu machen. Theoretisch besiegten wir sie total, wobei sich der Banause in mir der Meinung zu sein erlaubte: »Für mich interessiert sie sich um der verlorengegangenen Romancierhaftigkeit willen, deretwegen sie sich in das Entzücken eines Ideenreichtums versetzt sieht, der in seiner Wehmut wie ein Likör von ausgezeichneter Qualität auf sie einwirkt.« Meine hingebungsvollen Nachdenklichkeiten machten sich über seine egoistischen Belustigtheiten lustig. Ich trug an der Einbildung, daß sie mich lieben gelernt haben könnte, schwer, mit anderen Worten gebrach es mir nicht an einem echten, ordentlich hohen Maß gleichzeitig befreiender und Gefühle von unerhört zarter Bestimmtheit diktierender Verantwortung, in deren Besitz ich einstweilen voll unerschütterlicher Entschlossenheit, friedfertig hiebei zu bleiben, einschlief.

(031/II)

(1927)

ER WAR ZU SCHWACH

Er war zu schwach, vergebens
versuchte er zu erklimmen
die fernen Zenite des Lebens,
weil's an Begabung ihm gebrach,
kann er nun, ach,
sein Mißgeschick auf der Gitarre anstimmen,
und zwar in tiefster Einsamkeit,
als Dummkopf, der nur träumen kann,
denkt er wohl an Entschlossenheit
noch dann und wann.
Bettelt sein Schritt nicht um Verzeihung
für die Gewagtheit seines Ganges?
Wir andern aber, voll des neuen Klanges,
woll'n nicht Reichtum, Ruhm, jedoch Befreiung.
Wir pfeifen auf das Trugbild des Parnasses
inmitten dieses Liebens, dieses Hasses,
indem wir uns frei und gerne gestehen,
wie sehr er an sich litt
wie wir ihn hie und da mit Appetit
bei einer Bratwurst konnten sitzen sehen.
(411/III)

(unveröffentlicht, vermutlich 1927)

MONTAG FRÜH IST'S

Montag früh ist's, hochgestellte, d.h. auf Anhöhen liegende Gassen strahlen im Morgenlicht, lassen mich durch den Anblick ihrer fröhlichen, harmonisch verbunden in die Höhe steigenden Fassaden eine Zuversicht, vollständig neuen, unerwartet reichen Lebensmut empfinden. Eine Geschichte der Schotten kam mir gestern vor's Gesicht, und mit Vergnügen öffnete ich einen Mädchenbrief, worin Dichter und Krankenpflegerinnen erwähnt werden, wovon ich mit Sympathie Notiz nahm. Vor nicht langer Zeit schrieb mir ein Bildungsbürger oder Salonlöwe, dem gegenüber ich mich schriftlich gleichsam geöffnet hatte: »Ihren Brief, werter Zeitgenosse, den [Sie] an mich absenden zu sollen geglaubt haben, werde ich mit Ihrem geschätzten Einverständnis um seines, wie mir scheint, überaus wertvollen Inhalts willen einem Museum für Kulturmerkwürdigkeiten zur bleibenden Aufbewahrung anvertrauen.« Die Gestalt der zum Dasein in so überreichem Maße ja sagenden Katharina von Siena schwebt mir vor der heute herrlich aufgepeitschten Intelligenz großzügig und daher wohltuend auf und ab, und Nobelpreise und Casinokonzerte lagern wie Nixen und Nymphen auf den von Sanftheitsmondschein zärtlich beleuchteten, unsagbar aufnahmefreudig ausgebreiteten Wiesen meiner Seele. Indem ich in den letzten Tagen allerlei las, las ich unter anderem Sätze von Ida Boy-Ed, will sagen Abschnitte aus einem ihrer durchaus ansprechend gedichteten Romane, und gestern sah ich in einem Restaurant eine Saaltochter auf's Reizvollste gähnen und Senf in Senfbehältern schlafen und saftstrotzende Würste auf Tellern voll Sinnlichkeit, in glänzendrunder Unbestreitbarkeit liegen und

Ohrringe an schönen Ohren magisch aus dem wunderbaren Raunen, das von der Gästeansammlung herrührte, und dem umherwirbelnden Rauch, den Zigarrenraucher sich in den Raum verlieren ließen, aufblitzen, so als hebe sich vom Hintergrund vieler Durchschnittserscheinungen bezüglich des Literaturbetriebes ein goldiger Erfolg erfreulich ab. Einer beglückte mich mit seiner Nachbarschaft und mit der Annehmlichkeit seines Gespräches, der die Grazie besaß, mir in's überaus verblüffte Gesicht hinein zu versichern, ich sei seiner Meinung nach eine vollkommene Null, worauf ich die Dummheit beging, meine Geduld zu verlieren, indem ich der vollständig schuldlosen Tischplatte einen präzisen Protestschlag versetzte. Der Insultant stob davon, verschwand wie eine Staubwolke, indes sich eine Frau, die mit nur zu viel Genauigkeit wissen zu können schien, ich fände sie hübsch, bewogen fühlte, mir den Vorwurf nicht zu ersparen: »Wie Sie wieder einmal kategorisch gewesen sind. Seit wann gestatte[t] Ihnen der werte Alltag, der ewig grün bleibt, so etwas?« Entzückend schimmerte in der »Zauberflöte« von Mozart, die ich vor zirka zehn Jahren dadurch vielleicht kränkte, daß ich sie samt meinen Minderwertigkeiten besuchte, das sozusagen aus der schönen Komponistenseele lächelnd herausschauende, -tönende, wegflatternde Geglöckel. Sprach ich nicht, als ich die holde Vorstellung verließ und die gewiß nicht geringeren als marmorenen Treppen herabschritt, zu mir selbst, ich sei restlos befriedigt, lückenlos beglückt? Die in der Tat beinah schon überirdisch schöne Musik, die über den Körper dieser Oper hinzittert, als wäre das Werk eine schlummernde Göttin und seine Musik ihre Gewandung, vermittelte mir viele tausend, wie ich glauben möchte, unverlierbare Eindrücke, die ich in ihrer prächtigen Gesamtheit als einen Schatz betrachte, ein eintöniges, den Sinn des Daseins vielfach wiederspiegelnde[s] Hin- und Hertanzen oder -schaukeln der Minuten und Stunden. Ich glaubte die Endlosigkeit der Tage und Nächte erblicken, erleben zu können, und das schien mir von höchster künstlerischer Schönheit und spielerischer Kraft zu sein, worin sich jahrelanges Warten und Harren und Hoffen, auf eine Zehnminutenarie konzentriert, in eine geradezu abgründische oder lächerlich-seelige[1] Musikalität gedrängt, die aus den Augen meiner Nachbarin, die ein Ladenmädchen von vielleicht vierundzwanzig Jahren sein mochte, Tränen der Bezaubertheit hervorlockte, rein und groß verbirgt, zur Wirksamkeit gebracht wurde. Innerhalb der Möglichkeit, die die Gesetze der Bühne zuließen und die kurzbemessene Theaterabendzeit erlaubte, ist da der Roman des Lebens, alles Freudige und Schwere wie Blumen aus einem Füllhorn herausgeschüttet worden, eine meiner Ansicht nach beinah unermeßliche Annehmlichkeiten enthaltende Tatsache, die mich jedoch nicht hindert zu fragen, ob Geschehnisse unwillkommenseiender Art wie dieser Weltkrieg wirklich, trotz all dieses Schönen, das heitere Naturen schufen, wie beispielsweise der Salzburger eine war, nachher noch möglich sein konnten. Blicken wir Europäer nicht auf ein nachgerade tausendjahrealtes Musikschaffen zurück, St. Galler Mönche diesbezüglich, etwas eigentümlich gesagt, beim Kragen packend, um ihnen zuzurufen: »Her mit euch, die ihr einst in klösterlicher Einsamkeit und unaufhörlicher Ungestörtheit Noten auf's Papier zeichnetet!« Hätte nicht eigentlich seither nichts als bildungsbeweisender Friede herrschaftausübenden Segen in unseren aufklärungsreichen Gegenden samenhaft ausstreuen sollen? Was nützt es, daß nun Schrift[st]ellerinnen von unzweifelhaftem Rang immer

1 »lächerlich-herrliche«

wieder herbeizueilen kommen, um die Versicherung vor unsere Füße zu legen, etwas wie sogenannte Halbbildung mache sich nach wie vor innerhalb der Gesellschaft geltend? Bedeuten solche Äußerungen nicht Aufwiegelungen? Schadet denn die Halbbildung viel? Ihr Erwähnen schadet meines Empfindens nach viel mehr als sie selbst. Von ziemlich großer Wichtigkeit scheint mir zu sein, daß wir versuchen würden aufzuhören, uns gegenseitig anzuklagen. Wie überzeugend tönt das Verzeihen, Versöhnen speziell aus dem Bildungsbemühen Mozarts. Wir vergessen aber eben alles und können anderseits wieder rein nichts, nichts außer Frage stellen, nichts vergessen, fangen immer wieder von vorn an mit großartiger und zugleich denkbar kleinlicher Fragenaufwirbelei. Aus dem Feuilletonwald, wo es von Blättlein wimmelt, stürzte vor einiger Zeit ein Feuilletonist mit der Erklärung hervor, die Natur sei eine Faulenzerin, sie komme ihm gemein und nobel, gut und absurd, schauerlich und geheimnisvoll usw. vor, sie irritiere ihn, flöße ihm Besorgnisse ein, die ihm über den orakelnden Kopf wüchsen. Daß der Orakler flott in den Tag hineinorakelte, gab ich kenntnisnehmend zu, die Flottheit der Orakelei immerhin leise mißbilligend, weil sie untergrabe, aushöhle und einreiße. Im Fragen, phantasierte ich händehochemporwerfend, liegt das tote Meer, die ausgezeichnet gekleidete Gesellschaft, die heute nie mehr Hände aufwirft und tadellos gekämmt einhergeht. Es ist zwölf Uhr mittag, und ich mache daher eine Pause, indem ich mich diesmal überraschenderweise, was den Gegenstan[d] in der Betitelung betrifft, an die Haup[t]figur anklammere. Immer sucht man ja irgend etwas auf und verläßt irgend etwas. Aus einem unausgesetzten Kommen und Gehen, Hereinschauen und Wiederabmarschieren setzt sich allem Anschein nach das Leben zusammen. Ich kenne einen, der sich zur Gewohnheit gemacht hatte, keinen Schritt mehr mit sich selbst, auf Grund seiner Eigenheit zu tun. Bei jeder Gelegenheit zog er seine Frau zu Rate, bis sie's ihm einmal ganz gehörig sagte. Von da an ging's besser. Er merkte es sich. Wie sie das nun aber ihrerseits merkte, wie sie sah, daß er sich, was sie gesagt hatte, zu Herzen genommen hatte, fühlte sie sich verschmäht, kam sich vor wie ein totes Meer.

(411/I)

(unveröffentlicht, vermutlich 1927)

NOCH VOR EINER HALBEN STUNDE

Noch vor einer halben Stunde,
als die Flöte leise tönte,
saß ich mit der Herzenswunde
in der stimmungsvollen Stube
wie ein unerfahr'ner Bube,
den sein Seelenleid verschönte.

Nun in hoher großer Welt,
wo die stummen Winde wehen,
zwischen Erd' und Himmelszelt,
sah ich mich mit einmal stehen,
durch die Blässe und die Röte
zog sich wandrergleich die Flöte.

Alle Aussicht wurd[e] gelber.
»Russische Studentin«, so
sprach ich sehnend zu mir selber,
»o, wo bist du nun, wo, wo?«
Immer noch genau so leise
zog die Flöte wie im Kreise.
(407a/IV)

(1927)

WORTE ÜBER MOZARTS »ZAUBERFLÖTE«

Einem mit anmutigen Gliedmaßen und einem lebhaft empfindenden Innenleben begabten, aus anscheinend angenehmem Hause abstammenden jungen Menschen begegnet es, daß er scheitert und sanft von blauen Wellen auf eine Insel, die sich durch reiche Vegetation auszeichnet, geworfen wird. Zunächst lassen ihn seine Niedergeschlagenheiten ein erstauntes, träumerisches Gesicht machen, das ihn so sehr ermüdet, daß er auf dem Teppich, den eine blumige Wiese bildet, einschläft. Während er schlummert, erblickt ihn eine Frau von Rang und Ansehen, die nichts Gescheiteres und Geschwinderes zu tun zu haben scheint, als ihn ohne langes Überlegen zu lieben. Zufällig ist es eine von denen, die gefährlich werden können, wenn sie von der Zärtlichkeit erfaßt werden. Sie entschließt sich, den Gegenstand ihrer Neigung entweder zu besitzen oder zu verderben, und verläßt mit solchem Vorsatz den Schauplatz, ein Mädchen von erheblichem Liebreiz, die ihre Tochter ist, auf demselben zurücklassend, ohne daß sie ihre Handlungsweise eingehend begründen zu müssen meint. Der Erwachende sieht und liebt sie, doch bevor er sich mit ihr für immer vereinigen kann, die ihrerseits gegen die Vermählung nichts einzuwenden hat, da sie ihn schön, hochherzig, schlank, galant und infolgedessen liebenswürdig findet, entreißt sie sich ihm oder entflieht ihm oder wird ihm, noch besser gesagt und treffender gesprochen, zunächst vorenthalten, indem die Vorsehung haben will, er solle sich bis auf weiteres gedulden und sich in allerhand schicken lernen. Die Mutter, die noch keineswegs alt, sondern in jeder Hinsicht lebenslustig und abenteuerlich ist, versteckt ihre Tochter in einem Schloß, oder was es sonst für eine Befestigung sein mag. Anderseits erteilt eine Versammlung von Ratsherren dem jugendlichen Suchenden den Rat, zuerst einmal gehörig zu erfahren, was Hochachtung vor Institutionen usw. sei. Geheiligte Überlieferungen machen sich geltend. Der weise Rat und die Frau Mama stecken womöglich unter ein- und derselben Decke. Der Jüngling erfährt hierüber nie irgend etwas Genaues. Einer Schar hübschgekleideter Knaben vertraut er sein Sehnen an, die ihn, so unerwachsen sie sind, zu verstehen fähig zu sein scheinen. Zeitweise begibt er sich der Zerstreuung wegen in einen Spielsaal, läßt sich meinetwegen eine Flasche Wein servieren und erlebt allerhand Vergnügtheiten. Unter anderm übt er sich gern hie und da im Flötenspiel und entlockt dem in Frage kommenden Instrument von Zeit zu Zeit den einen oder andern nicht unartigen Ton. Gegenden, Landschaften wechseln bildhaft und beruhigend ab. Die weisen und untrüglichen Männer sprechen zur leidenschaftlich Entflammten: »Mäßige Dich«, und donnern den Jüngling sympathisch mit einem: »Zurück«, an. Er will nämlich immer ein wenig stürmisch sein und dem Stück ein Ende machen, dem jedoch eine bestimmte Ausdehnung vorgeschrieben worden ist, deren Längen und Breiten die Zuschauer um der darin enthaltenen Schönheiten willen begrüßen. So geht denn das Stück, dessen Maßhalten in lauter langsam und behaglich aufeinanderfolgende Zauberhaftigkeit getaucht ist, insofern weiter, als es einem Schlafenden ähnelt, der entzückend schön träumt und im Traum auf die lebhafteste Art und Weise lebt. Der famose junge Mensch ist inzwischen in Höhlen hineingetreten, aus denen er nach langer mühsamer Wanderung wieder herauszutreten Gelegenheit fand, und nachdem er sich in einen Helden umgewandelt sieht, der den Ernst des Lebens kennenlernte, kennt er seine Geliebte nicht mehr, die doch die Veranlassung gewesen war, daß er fröhlich und unerschrocken an sich arbeitete. Er steht da, ruht wie in sich selbst aus, sieht und hört sie nicht, die ihn in einem fort mahnt, an sich zu denken, dem der Sinn für sich selbst abhanden gekommen sein könnte, als hätten ihn seine Erlebnisse versteinert. Doch man gewinnt den Eindruck, er finde sich in der, die er liebt, von der er zeitweise nichts weiß, wieder. Einigen Zuhörern glänzten Tränen des Ergriffenseins in den Augen, was von der Lebensabspiegelung des Stückes herzurühren schien.

(1927/1928)

FRÜHE SCHON GEWÖHNTE MAN

Frühe schon gewöhnte man
viel Manierlichkeit ihm an.
Schicklichkeit und Artigkeiten
lernt' er also schon beizeiten.
Weit'rhin prägte er sich ein,
so ein Komponistelein
müsse folg- und achtsam sein,
hab' nicht etwa zu befehlen,
sondern anderes zu wählen,
beispielsweise zu erzä[h]len.
Musikalisch tat er das,
von den Füßen bis zur Nas'
war und blieb er zart wie Glas,
das Ziel der Ohren vieler,
ein träumerischer Spieler,
aß zuweil'n mit Domestiken,
konnt' unglaublich niedlich[1] nicken,
und Etüden und Sonaten
sind ihm üb'raus gut geraten.
Hübsch er dann sich hat verheirat',
wurde künstlerischer Beirat,
schmecken ließ, wie's andre taten,
er Gemüse sich und Braten,
[und] baronliche Dukaten.
Denn ein Kind ist er im Lieben,
Leben, Streben stets geblieben.
Sprach man: »Setz dich an's Klavier«,

1 »lieblich«

fing er an zu phantasier'.
Als am Don Juan ihm's lag,
reiste er vergnügt nach Prag.
Zum Gebrauch schien er gegeben
wie der süße Saft der Reben.
Stehend auf des Könnens Zinnen
nahm das Schicksal ihn von hinnen,
lang nicht ließ ihn Gott am Leben
und an dessen Ansprüch' kleben.
Seinerzeit vor dem Genie
fiel man noch nicht auf die Knie,
doch, ich sag es unverfroren,
er blieb für der Nachwelt Ohren
immer wieder neugeboren,
denn was selten Menschen sind,
er, er war ein Wunderkind.
(207/IV)

(1928)

EBEN SPRANG AUS EINEM VERLAGSHAUS EIN BUCH HERAUS

Eben sprang aus einem Verlagshaus ein Buch heraus, das den Fehler zu haben scheint, nicht Menuett zu sein. Unter Menuett verstehe ich etwas Plauderndes, das nichts ausplaudert, etwas nicht allzu viel Erzählendes, das zierlich ist und das genau weiß, daß seine Zierlichkeit nicht nur zufällig sein kann. Warum meinen gerade die gescheiten, gebildeten Autoren, es schicke sich für sie, ungekämmt aufzutreten? Halten sie Verworrenes für Tiefe und Struppigkeit für eine Befreiung? Sie sagen, sie seien keine Indianer, und liebäugeln mit der Möglichkeit, Indianerbüchleinerfolge einzuheimsen. Wir indianerlen auf keinen Fall, lautet ihre Bekundung, und [sie] bürsten dennoch nicht einmal ihren Anzug, bevor sie zu schriftstellern beginnen. Ist Menuett heute veraltet? Anscheinend ja, aber in Wirklichkeit kaum, indem Anmut fortwährend angenehm wirkt. Ha, wie er hervorstürzt, so ein heutiger Herr Buchverfasser, und dann nach kurzer Zeit schon stockt, als bezaubere ihn seine Unparfümiertheit. Was nützt es ihm, wenn er brummt: Ich bin die Wahrheit. Ein Stückchen Anspielung ist wahrer als die höchstaufgehäufte Menge von unbedingt ihre Zeit nicht verfehlender Zeitabbildung, die jedesmal ein Ausplaudern ist. Bei etwas Menuet[t]artigem ist mir, als sei die Zeit immer Zeit, der Raum immer Raum, der Mensch immer Mensch, die Bildung immer Bildung, das Schöne immer das Schöne gewesen. Holde Vorspiegelungen, wie lieb ihr seid, und wie alle seid ihr frisiert, gewaschen, und ihr duftet wie nach Veilchen, und ihr habt um eurer Fähigkeit [willen], bescheiden zu machen, zufrieden zu stimmen, irgendwelchen

Ewigkeitswert. Die Absolut-nicht-hie-und-da-ein-bißchen-Indianer-sein-Wollenden erklären: Menuett, das gebe es nicht mehr. Ich und einige andere sehen jedoch die Richtigkeit solcher Behauptung durchaus nicht ein. Wichtiges und Unwichtiges gab's von jeher. Menuett ist unwichtig, hat aber gerade darum sozusagen Chancen. Menuett gibt mit vergnügtem Lächeln zu, es sei gewillt, bei gutem Angezogensein bisweilen Indianerlis zu spielen, ich meine damit, zu tun, als wenn und ob, z. B. als plaudere man etwas aus. Seit zirka vierzig Jahren versichern uns diejenigen Schriftsteller, die ernst genommen werden wollen, sie seien keine Plauderer, womit sie in gewisser Hinsicht recht haben mögen. Gewiß plaudert die ernste Literatur nicht, aber vielleicht läuft ihre Totalität auf eine Aus[p]lapperei en gros hinaus. Das Menuett lächelt und tänzelt diskret und beabs[ich]tigt dies vielleicht nicht einmal sehr. Sagt einer: »Ich bin diskret«, so wirkt diese Vergewisserung vorlaut, was an sich indiskret ist. Wie viel Antimenuetteliges ist nun nachgerade nicht schon verfaßt und in die Öffentlichkeit geworfen worden, doch die Zierlichkeit, Kleinlichkeit wagt sich dennoch immer wieder hervor. Mut wagt etwas und amüsiert daher. Man staunt beinahe, daß etwas, was eigentlich nicht mehr existenzberechtigt ist, noch da sein kann. Nimmt man's an, weil's nicht annimmt, man tue das?

(103/III)

(1928)

STÜCK OHNE TITEL (II)

Ich kam noch immer nicht vom Kinopfarrer los, der den Einfall gehabt hatte, sich als Kanzelredner total zu verunmöglichen. Jetzt saß ich im Theater, das mir traumhaft schön vorkam, obgleich es bequem von mir ist, das zu sagen. Im Stück, wobei es sich um eine Art Singspiel handelte, kam eine Bestiefeltheit in Form eines Gouverneurs vor, der aussah, als solle er bald ersetzt werden. Im Zuschauerkopf wogten und schwellten mir Wälder wie Schaum von auflaufender heißer Milch. Eiskalt und kritisch, will sagen grämlich, saß neben mir ein junger Lehrer, der in einem hübschen Dörfchen lehrte und wirkte. Bauernburschen hatten eines Tages aus nichts als Kraftausprobierungslust Händel mit ihm anfangen wollen; er wußte sich jedoch geschmeidig aus der Affäre herauszuziehen, und nun langweilte er sich neben mir, da ihm die Fähigkeit fehlte, die Musik bezaubernd zu finden, die uns beide umtönte. Wie ich gern bekanntgebe, war der Komponist nicht anwesend. Krank, mit einem Fieber kämpfend, lag er in einem nur von einem kleinen Lämpchen spärlich belichteten Saal. Indes sich seine Phantasiegebilde in allen Menschenherzen ansiedelten oder einbürgerten und ihn die Lorbeerkränze des unumstrittenen Erfolges umschwirrten, begnügte er sich mit der kurzen, eintönigen Stammelung: »Mit mir ist's aus. Jugend, wie täuschest du mich! Leben, soll ich böse auf dich sein?« Mit solchermaßen seinen schmalen Lippen entgleitenden Worten überaus fein lächelnd, schaute sein anmutiger, mit wellenhaftem Haar reizend umrahmter Kopf still und bewegungslos wie etwas Bildhaftes aus den Kissen seines Bettes heraus. Der Lehrer neben mir wußte, er habe zu Hause in einer der Schubladen seines aus der Biedermeierzeit stammenden Schreibtisches ein so gut wie annähernd zu Ende gekommenes, fünfaktiges Schauspiel liegen, worin ein Held Wesens von sich zu machen entschlossen zu sein schien, dem, statt daß er Erkenntlichkeit in Hülle und Fülle geerntet hätte, ein Mittelmäßigkeitsvertreter begegnete, der ihn insofern ziemlich unsanft anpackte, als er ihm sagte: »Du scheinst mir samt allen Verdiensten, die Du Dir prachtvollerweise angeeignet haben magst, eine Nichtsnutzigkeitsmannigfaltigkeit zu sein.« Dem Helden wollten ob solcher unerwarteter unartiger Behandlungsart Hören und Sehen vergehen. Man wolle die Güte haben, sich zu merken, daß sich die Heldengestalt nirgends in Wirklichkeit vorfand, sondern bloß in einem Primarlehrerkopf geltend machte. Wunderbar sang eine sich meiner Meinung nach unbeschreiblich gut benehmende Primadonna im bestrickendem Schmelz ihrer Liebe, die ich für echt hielt, indem sich im Theater Illusionen in Menge finden, die geeignet sind, Vorbehältliche in Unerfahrene zu verwandeln. Im Geist Kindern Unterricht erteilend, erlebte ich mittels meiner Einbildungskraft die landschaftlichen Lieblichkeiten des Dörfchens, worin er wohnte, der Dichter werden zu können hoffte, sich jedoch zunächst mit der Lehrerschaft begnügen zu müssen schien. Ein Fluß umfloß Schloß und Kirche, als eigne sich das liebenswürdige Ganze für eine Kinokulisse, und das Pfarrerstück könne sich darin abspielen. Der Pfarrer wurde seiner Rolle enthoben und entwickelte sich zum hochherrschaftlichen Hauslehrer, und es kam zu einer romantischen und großen oder hohen Liebe, und eine schöne Frau sprach zum anscheinend Hochbegabten: »Sei vernünftig.« Er sei es, behauptete er vergeblich; sie glaubte ihm etwas so Einfaches und Naheliegendes nie und nimmer. Wenn sie sich hätte sagen müssen, er sei zu den Verständigen zu zählen und ähnele irgendeinem beliebigen andern, würde sie mißmutig in ihr Kämmerlein oder Boudoir gegangen sein und hätte vor Enttäuschtheit geweint. Doch nun ruhig wieder zu den Stiefeln zurück, die theaterlich glänzten und mir deshalb etwas unwahrscheinlich vorkommen wollten. Was an Theaterstiefeln auszusetzen oder zu rügen sein könnte, ist die Eigentümlichkeit, daß sie weichlich sind und durchaus kein Geklapper oder Gepolter verursachen oder veranstalten. Man kann an solche Stiefel kaum glauben. Die Stimmlichkeit des Bühnengouverneurs schien etwas an und für sich Erquickliches, vielleicht sogar Gewinnendes, ja Hinreißendes zu sein, was den jugendlichen Lehrer nicht hinderte, seinen Kopf in die Hand zu stützen und heiß an seine frühdahingeschwundene Geliebte zu denken, sich ihre Reize Stück für Stück treuherzig vergegenwärtigend, eine Beschäftigung, die ihn ein- bis zweimal laut oder leise seufzen machen mochte. Die erstrangige Sängerin suchte ihren vom schlankbeinigen Gouverneur jämmerlich gefangengehaltenen, angeblich total unschuldigen, lieben, guten, braven Mann, und sie fand ihn, wonach ein Auftritt denkbar rührenden Wiedersehens unglaublich sympathisch stattfand, in seligen Tönen schwimmend und hinströmend, daß manche Zuhörer meinten, sie säßen in einem Boot oder Kahn, den nicht bloß fischebergendes Wasser, nein, ein goldenes Weinen trüge. Er möge die Essayistenlaufbahn einzuschlagen versuchen, wandte ich mich, freilich meinen Ratschlag ziemlich überflüssig findend, an den nach wie vor an Wandtafeln usw. geschmiedeten Dramenverfasser. Ernst schaute er mich an, was ich ihm gegenüber gleichfalls tat. Den Gefangenen, die im Theaterstück an die frische Luft hinausgeführt wurden, unsäglich melancholisch die Köpfe neigten und überwältigend mit ihren Ketten melodiös klirrten, übermittelte der gemalte Dekorationshimmel eine blaue Kindheitlust, weswegen sie mit den Geknicktheiten ihrer zitternden Beine dankbar zu wackeln und tänzeln begannen. Falls alles ging, wie es gehen sollte, brachte es der Kinohauslehrer zu einer beglückwünschenswerten Vermählung.

Ist ein Stück ausgespielt, so begibt man sich, nicht ohne vielleicht vorher rasch noch in einer Wirtschaft ein Schinkenbrötchen gegessen zu haben, unauffällig nach Hause.

(1928)

ÜBER ZWEI KLEINE ROMANE

Hie und da lese ich kleine Romane, die man für dreißig Centimes kaufen kann. Die Bändchen sind etwa achtzig Druckseiten stark, und ich finde, daß sie wert sind, mit Aufmerksamkeit behandelt zu werden. Eine dieser Erzählungen nennt sich »Le Semeur de Larmes« und ist von jemand verfaßt, der vielleicht nur so nebenbei Bücher schreibt, gleichsam wahrscheinlich zu seinem persönlichen Vergnügen. Der Autor hat die Freundlichkeit, den Leser, der willig den autorlichen Eingebungen folgt, in ein Milieu zu führen, das ein advokatliches genannt werden kann. Ein Papa besitzt eine Gemahlin nebst zwei heranwachsenden Töchtern. Vom Sämann, der Prüfungen usw. ausstreut, der den Mädchenköpfchen allerlei zu denken gibt, könnte zu sagen sein, daß er im Spiel Mißgeschick hat, das ihn kalt läßt. Er verschwendet Geld, wovon er nicht recht zu wissen scheint, woher es ihm zufloß. In allem, was mit Liebe zu tun hat, zeichnet er sich durch sichtlichen Erfolg aus. Weiche, schwellende Herzen verehren ihn, muten ihm Schönes und Gutes zu. Beide Advokatentöchter schwärmen für ihn, indem er ihnen äußerst mondän vorkommt. Die Mama hat ihn geküßt, sich von ihm küssen lassen, bevor das die Mädchen auch nur von fern ahnen. Daß er etwas ans Dämonische Grenzendes an sich hat, beweist er dadurch, daß er die begabtere, gebildetere, bedeutendere der beiden Töchter in einem Hotelzimmer wissen läßt, sie befinde sich in seiner Macht. Sie macht auf die Eröffnung hin denkbar erstaunte Augen. »Entsetzlicher Mensch«, flüstert sie, und sie bildet sich auf das Bebende des Flüsterns und aufs Geflüster ihres an sämtlichen Gliedern Bebens ziemlich viel ein. Im übrigen kommt ihr das seiner Willkür Ausgeliefertsein überaus interessant vor. Glücklicherweise geschieht bei dieser Gelegenheit nichts Schlimmes. Das Mädchen wird den Tigerkrallen oder -klauen rechtzeitig entrissen. Mamachen zahlt dem graziösen Spitzbuben eine erkleckliche Abfindungssumme aus, indem sie zu ihm sagt: »Einst liebte ich Sie. Ich hielt Sie für ebenso anziehend wie vortrefflich. Nehmen Sie, was ich Ihnen hiermit darbiete, und verschwinden Sie aus dem Gesichtskreis.« Er läßt es sich nicht zweimal sagen, er geht fort, indem er ein Stubenmädel mitnimmt, das sich als Reisebegleiterin sehr zu eignen scheint. Husch, sitzen sie einem Waggon zweiter oder meinetwegen sogar erster Klasse, und die Familie, die sich vom Umherstreuer von Tränen und Verbreiter übler Erfahrungen befreit sieht, sitzt gemütlich beim Fünfuhrtee und tauscht Erinnerungen aus.

Gab es je eine hoffnungsreichere, rosigere Liebe, als die war, die ein junges, bürgerliches Mädchen und ein junger, schmächtiger Musiker füreinander empfanden? Sie liebten sich auf geradezu provinzielle Art, aber sie war arm und er ebenfalls. Ganz und gar arm war sie zwar nicht, aber ihre Eltern verausgabten seit längerer Zeit weit über ihrem Einkommen, will sagen, sie ließen ihre Tochter mit reichen, jungen Herren umgehen, die jedoch keinen sehr günstigen Eindruck auf sie machten. Ihren Musiker wollte sie haben; den verbot man ihr aber. Als er um ihre zarte Hand wacker anhielt, wurde ihm erwidert: »Wollen Sie nicht lieber auf Ihre an sich gewiß ehrenwerte Absicht verzichten?« Sie sollte reich heiraten, infolgedessen trachtete er nach Reichtümern, damit er sich ein Recht auf sie erwerbe. Eines Abends befand er sich samt seinen schimmernden Begabungen, die ihn noch hübscher zu machen schienen, als er ohnehin schon war, im Salon einer liebenswürdigen Halbweltlerin, die sich, als sie ihn zu Gesicht bekam, vornahm, ihn nach Möglichkeit zu protegieren. Eine Sängerin der großen Oper war unter andern anwesend. Als sie gesungen hatte, kam eine Tänzerin an die Reihe, und als letztere ausgetanzt hatte, fing der Musiker an zu spielen, und er spielte so hinreißend schön und angenehm, daß die hübsche Frau des Hauses vor Vergnügen weinte. Sie bildete sich ein, ihre Seele habe sich in eine morgendlich-tauige Wiese verwandelt. Als er sein Spiel beendet hatte, ernannte sie ihn in Gedanken zum berühmten Konzertisten und machte ihm, verbindlich lächelnd, ein von Artigkeit duftendes Kompliment. Zufälligerweise besaß sie eine kostbare Perlenkette, und da er, wie wir bereits wissen, reich zu werden im Sinne hatte, wollen wir's kurz machen und offen und ehrlich sagen, daß er sie unerlaubterweise mit nach Hause nahm. Bald kam man ihm auf die Spur. Er sah sich genötigt, vor seine Protektorin mit einem Niedergeschlagenheitsempfinden zu treten und bezüglich seines Vergehens Bericht abzulegen, was er so nett und aufrichtig ausführte, daß sie Ursache zu haben glaubte, ihn zu ersuchen, sich zu ihr aufs Kanapee zu setzen. Eine halbe Stunde später lagen sich die beiden in den Armen und bissen sich Küsse in die Lippen hinein, so herrlich fanden sie's, nach allem, was sie erlebt hatten, einander charmant zu finden. Man vertraut sich manchmal, je mißtrauischer man war, um so viel mehr. Sie dankten sich innerlich und wußten kaum, warum, um es wieder ganz genau zu wissen. Sie verzieh ihm nicht nur ein-, sondern zwanzig- oder fünfzigmal seinen unüberlegten Streich und nannte ihn in ihrem Herzen ihren Wohltäter, obgleich eigentlich sie seine rücksichtnehmende Wohltäterin war. Plötzlich jedoch gestand er ihr, er liebe mit unerhörter Andauerlichkeit ein bürgerliches Mädchen, das ihm über alles gehe. Zuerst verzog sie auf dies Geständnis hin ihren Mund. Als sie aber einsah, daß er es ernst meine, und er ihr erzählte, ihm fehlten nur zirka hunderttausend Franken, um sich mit der Erwählten vermählen zu können, sprach sie: »Ich will Ihnen, was Sie vermissen, verschaffen.« Anscheinend gewährte ihr das Großherzigsein Spaß. Sie wünschte ihren Geliebten glücklich zu machen. Ein Onkel des Mädchens, der sehr viel Geld besaß, gehörte mit zu den Verehrern der Halbweltlerin. Sie stellte ihm in Aussicht, seine Frau zu werden, falls er lieb sein wolle. Der Onkel versprach, es zu sein. Sie unterrichtete ihn von ihren Bedingungen, auf die er nach einigem onkeligen Zögern gern einging. Er zahlte, und beide Paare waren zufrieden. Die Geschichte nennt sich: »Le Pardon dans un Baiser.« Erzählt fand ich sie ansprechend. Indem sie mich vergnügte, genügte sie mir.

(1929)

DAS KONZERT

Die Mädchen, von denen das eine mit einem Geigenkasten herbeigekommen ist, sind leidlich hübsch, was vielleicht ein bißchen von oben herab gesprochen sein könnte. Vier Uhr nachmittags scheint es zu sein. Welche kleinstädtische Anmerkung! Meine Beschreibung läßt mich vermuten, sie dufte nach Wirklichkeitsabbildung, die ich beabsichtige, ohne daß ich meine Absicht allzu ernst nehme. Von zwei anwesenden Herren nenne ich den ersten den Geringgeschätzten, den zweiten den Bevorzugten. Letzterer wird ernst, ersterer spaßhaft genommen, aber indem er sich auf diese Art nehmen läßt, ohne zu fürchten, er könne zu kurz kommen, scheint ihm ein gewisses Behagen eigen zu sein, indes der Bevorzugte in einem fort besorgt ist, wie er sich zu benehmen habe, damit man ihn nicht unterschätze. Der Vater gelangt mit der Anfrage an die Zugegenen, ob jetzt mit dem Geigenspiel begonnen werden dürfe. Alle lassen wissen, sie seien mit dem Vorschlag einverstanden. Er setzt sich ans Klavier und gibt damit das Zeichen, daß Musik zu erwarten sei, die sich alsbald für den einen mehr, den andern weniger bemerkbar macht. Der Geringgeschätzte scheint goldenen Beethoven-Melodien wenig Aufmerksamkeit zu schenken, womit er den Beweis ablegt, daß ihn etwas anderes beschäftigt. Dies andere ist die Frau Mama, der er beflissen ist, Schmeicheleien zu sagen. Der Bevorzugte nennt das Spiel herrlich, das an sich noch der Polierung bedarf, das bald aufhört, bald von neuem einsetzt und hie und da ziemlich stark kratzt. Mäntel, Täschchen, die die Mädchen mitgebracht haben, liegen übereinandergelegt auf einem Stuhl. Applaudiert wird nicht, so als sei dies überflüssig, dafür wird gescherzt und gelacht. Das nicht musikmachende Töchterchen erweist sich als Virtuosin im Kichern, woran sich die Geigenspielerin beteiligt, die vielleicht zunächst eher fähig ist, lustig zu sein, als Sonaten zum besten zu geben. Der Geringgeschätzte bekommt etwas zu erblicken, was dem Bevorzugten entgeht, nämlich ein Strumpfband der Gesprächigen, die ein wenig ihre Haltung oder Stellung verändert, damit er wahrnehme, was hübscher sei als das Konzertieren und Vergnügtsein. Der Vater scheint das Befriedigtsein der Mutter sachlich zu mißbilligen. Ein wenig verstimmt, marschiert er im Salon auf und ab, den ein Blumenbukett schmückt und Zigarettenwölkchen durchflattern. Der Geringgeschätzte bespricht sich mit dem Bevorzugten intellektuell und ruhig. Beide kommen anscheinend vortrefflich zusammen aus. Verantwortliche können nicht unausgesetzt verantwortlich sein, und Leichtsinnige nicht aus lauter Unbekümmertheit bestehen, indem eigentlich jede Eigenschaft in jedem lebt und Verschiedenheiten verwandt sind.

(1930)

KLEINSTADT

Selten sahen meine Schönheit allzeit mit Vergnügen einsaugenden Augen ein herziger und niedlicher gelegenes Städtchen wie dasjenige, worin ein stiller Träumerischer eines Tages eine junge Gebildete, die Schriftstellerin zu werden trachtete, auf offenem, sonnenbeschienenem Platz bat, ihm sagen zu wollen, ob er sich in bezug auf ihre hervorragende Person Hoffnungen machen dürfe. Indem sie gütig und herablassend lächelte, antwortete sie: »Nein, mein Schatz«, auf welchen Bescheid hin er mit ungekünstelter Unwillkürlichkeit errötete.

Während in den Innenräumlichkeiten eines prosperierenden Handelshauses ein Angestellter unverdrossen Eintragungen in die und die Bücher machte, die ein respektweckendes Format aufwiesen, lustwandelte ein aus seiner lorbeerumkränzten Laufbahn heimgekehrter Musiker, der von neuem herumzuwandern im Sinne hatte, auf einen Hügel hinauf, wo verabredungsgemäß eine schöne, aber nicht hübsche junge Frau auf den Lebenskünstler wartete, dessen Komponistenkopf tonreich von melodiösen Locken umrahmt war. Ob sie zusammen das Weite in umschlungener Vereinigtheit aufsuchen wollen, fragte er die Dastehende, die wünschte, sie stehe bald anderswo. Zärtlich legte sie ihr Bürgermeistersgattinköpfchen auf die Schulter des Hinreißenden, der sich sagen durfte, am vorangegangenen Abend habe eine Ovation stattgefunden, deren Motiv die Tätigkeit gewesen sei, die er die seine und eine umstrittene nannte.

Die angehende Verfasserin von weite Verbreitung findenden Büchern, die die Rolle einer Ablehnenden gespielt hatte, umarmte nun in einem nach Aufopferung zugunsten der

Menschheit duftenden, verhältnismäßig praktisch und vernünftig möblierten Zweckhaftigkeitszimmer einen sie aufs nachdrücklichste auf Scharen von hohen Pflichten und deren Erfüllungsschwierigkeiten aufmerksam machenden Literaturprofessor.

Des Uhrmachers Beschaulichkeit wuchs und gedieh wie ein Unscheinbarkeitspflänzchen.

Aus der Bahnhofhalle rasselte der Luxuszug von dannen, in dessen Inwendigem die zwei saßen, die ein einziges Geschmolzenes oder Gegossenes bildeten, indem sie nicht zu wissen schienen, ob sie noch vorhanden seien, da sie sich von der Illusion nicht loszulösen vermochten, sie hätten einander vor Liebe gegessen und seien fürderhin nur noch ein Glücksbegriff, ein Hauch.

(unveröffentlicht, vermutlich 1930)

FAMILIENLEBEN

So und so oft hat man zu Nacht gegessen,
gekocht, gebügelt und genäht,
durchs Fenster hat ein leiser Wind geweht,
taglang ist man mit einem Buche stillgesessen.
Man absolvierte und empfing Besuche,
in einem Walde sah man eine Buche
und hörte im Konzertsaal viel Musik.
Indes die Kinder älter wurden, fingen
die, die sie zeugten, still zu welken an,
die Tagesarbeit wurde prompt getan,
die Augen hie und da was Schönes sahn.
Wäsche, Schuh', Kleider wurden eingehandelt,
die und die Connaissancen angebandelt,
Schulhaus, Theater und Ersparniskassen,
Löffel und Gabel, Teller, Kannen, Tassen,
abwechselndes Willkommenheißen, Hassen,
sich im Familienleben blicken lassen.

(1931)

DIE SCHÖNE NACHT

Ich notiere schnell folgendes: Man zieht, etwa beim Essen, ein Kätzchen, das ein wirkliches und kein allegorisches ist, beim sammetweichen Schopf zu sich herauf, um zu sehen, ob es Lust hat zu bleiben, oder ob es sich wieder zu entfernen vorzieht. Kein Denkender, Empfindender wird einem Kätzchen seine Zärtlichkeit aufdrängen. Soeben begegnete ich in einem Gedichtbuch einem Marktplatz. Bezüglich des am Horizont der Kulturbestrebungen neuaufgetauchten Problemes »Geist und Technik« dachte ich vorige Nacht, die ich als die schöne bezeichnen möchte, weil sie windstill und wolkenlos war, Technik sei ein Mittel, in den Geistigkeiten Ordnung zu stiften, der Geist sei das zu Geniestreichen usw. aufgelegte Männchen, das vom Technik-Weibchen aus mancherlei Irrungen in die Nützlichkeit geführt werde. Erwähntes Gedichtbuch ist von Ludwig Lockenkopf verfaßt und mir vom Lach-Verlag in Lustigstadt zugesandt worden. Gehöre ich zu den wahrheitsliebenden Berichterstattern oder nicht? Ich will in diese Frage wie in einen knusprigen Kuchen hineinbeißen und als Antwort vorbringen, daß ich beispielsweise über das Wetter nie eine Silbe verliere. Reise ich in eine fremde Stadt, wo mich vielleicht barscher Wind anweht, so schreibe ich später, meine Grundsätzlichkeiten verböten mir, mich über Einzelheiten zu verbreiten. Ich tue das, weil ich zur Erkenntnis gekommen bin, daß gewisse Aufrichtigkeiten nichts anderes als geistige Abhängigkeiten sind. Meiner Ansicht nach dürfen Korrespondenten, hier sind natürlich nicht Handels-, sondern schöngeistige Schreiber gemeint, nicht den sinnlichen Einflüssen unterliegen, zu denen ich Stimmungen usw. zähle. Wozu besitzt ein Journalist Überlegenheit?

Die Nacht, die mich wunderbar umgab, umflog meine Seele wie eine Philomele. Ich kam von irgendwoher und ging irgendwohin. Flieger flogen silbrig befiedert über dem Theater des Lebens, vertragsmäßiges Honorar abverdienend, und um gedruckte Schriften auf die Erdoberfläche herabfallen zu lassen, damit das Publikum sie aufhöbe und läse. Ein mit elektrischer Beleuchtung versehenes Berghotel schwebte wie in der Luft, da man im Nachtduft die Bergsilhouette nicht wahrnahm, was prächtig aussah. Im Strom, der von innerlichem Goldlicht blinkte, gondelten Musikanten, und es war, als seien die Zweige, die sich von hoch oben herabbeugten, dankbare Lauscher auf das Konzert, und mir fielen frische Prosastücke ein. Bedeuten nicht Einfälle, die ein Schriftsteller hat, Ausblikke in kommende Bemühungen? Ich bin deshalb oft beinahe froh, wenn mir nichts einfällt. »Une heure d'oubli« nennt sich eine Pariser Bücherreihe, deren Freund ich längst bin.

Die schöne Nacht gestaltete sich zur denkbar schönsten, als ich auf einer Veranda in der Umgebung der Stadt Menschen feierabendlich nachtessen sah und eine gutenachtrufende Harmonika aus einem schlummernden Garten klang und sich Blätterschatten an einer Hauswand abzeichneten und Wege schwach kennbar zu Häusern und von solchen wegführten.

Doch jetzt ein Wort davon, daß es mich vergnügte, Lockenkopfs zwanzig Gedichte in der Zurückgezogenheit meines Arbeitsgemaches vorzulesen, als läse ich sie mit verhaltener Lautheit einer Frau vor, die sich für Lyrik und dergleichen interessierte.

Mich macht Lyrik allemal fröhlich, indem Taktfehlerchen

in derselben mir eine Separatfreude schenken. Für das etwas magere Gedichtbuch spreche ich dem Verfasser zwanzigmaligen Dank aus, nämlich für jeden einzelnen beflügelten Beitrag extra. Anderseits dankt mir vielleicht Lockenkopf, daß ich ihn in die schöne Nacht verflocht.

(1933)

NACHWORT

»Das Beste, was ich über Musik zu sagen weiß«

Il faut toujours penser l'écriture
en termes de musique.
Roland Barthes

ZU VIEL MUSIK

»Mir fehlt etwas, wenn ich keine Musik höre, und wenn ich Musik höre, fehlt mir erst recht etwas. Dies ist das Beste, was ich über Musik zu sagen weiß.« (SW 1, 44) Robert Walsers Verhältnis zur Tonkunst war nicht ungebrochen. Musik konnte ihn begeistern, das zeigt sich schon früh in Texten wie *Klavier* (1901), *Laute* (1901) oder dem zitierten Prosastück *Musik* (1902). Sie sind romantisch-dämonisch, spielen ins Unheimliche, zeugen von Sehnsucht nach Melodie und Freiheit. Nachdem Walser 1913 aus Berlin in seine Heimatstadt Biel zurückgekehrt ist, lässt der Überschwang nach, und er interessiert sich zunehmend für einzelne Instrumentalisten, Konzerte und Werke. Literarische Aufsätze wie *Paganini* (1912), *Die Sonate* (1914), *Hohe Oper* (1924), *Über eine Opernaufführung* (1926), *Ich wohnte einem Konzert bei* (1926) oder *Worte über Mozarts »Zauberflöte«* (1927/28) belegen: Je vertrauter Walser die bürgerliche Musikkultur wird, desto prosaischer kommt sie ihm vor.

Bei Robert Walser finden sich keine Hymnen auf die Musik, wie sie etwa Hermann Hesse verfasst hat, und keine tiefschürfenden Auseinandersetzungen über Literatur und Musik, wie man sie zum Beispiel in den Briefen von Hugo von

Hofmannsthal an Richard Strauss findet. Und Walser ist auch kein Schriftsteller, der mit Musikern und Komponisten Diskussionen geführt oder Freundschaften gepflegt hätte. Es ist also eigentlich eine Provokation, eine Anthologie mit gesammelten Texten zur Musik von Robert Walser zu publizieren.

Bei aller Emphase für die Musik, zu der Walser in jungen Jahren fähig war, blieb ihm die Musik von allen Künsten die fremdeste. Der klassischen Musikkultur, die sich im ersten Drittel des 20. Jahrhunderts zu einem Betrieb wandelt, steht Walser nicht nahe. Er hält zu ihr Distanz, was Spielraum für Ironie gewährt. Zu Walsers Musikverständnis gehört, dass er die an und für sich »wunderbare Musik« (SW 3, 51) und die etablierten Aufführungsrituale – vom Hauskonzert über die öffentliche Aufführung bis hin zum Starkult – einander kritisch gegenüberstellt. Zwischen 1900 und 1913, als Walser in München und Berlin lebte, hatte er den Betrieb bereits in voller Blüte erlebt, ohne sich speziell beeindruckt zu zeigen. Die vorliegende Anthologie bildet denn unter anderem auch ein Kompendium dessen, was den Dichter Walser am Konzertwesen gestört hat: die strenge Trennung von überagierenden Musikern und stillsitzendem Publikum, das Konzert als Institution bürgerlicher Repräsentation und Disziplin, der musische Bildungshabitus, Virtuosentum und Geniekult, eingebildete Instrumentalisten und eitle Sängerinnen.

Walser beschreibt das Überhebliche und Wichtigtuerische des klassischen Musikbetriebs mit lakonischer Bockigkeit oder verlacht ihn aufs Eleganteste: »Ich horchte gleichsam über die Musik vornehm hinweg« (SW 17, 35), schreibt er 1925 in *Konzert*. Im selben Jahr lesen wir in *Aquarelle*: »Ich bin so musikalisch, wie ich aufs Hören von Musik total verzichten kann.« (SW 17, 191) In *Der Einsame* (1924) erscheint der beflissene Musik-Konsum als das Gegenteil von Versenkung und Konzentration: »Statt zwanzigmal ins Konzert zu gehen, geh' ich einmal, dann tönt mir das Gehörte stark durch die Hallen der Erinnerung.« (SW 8, 101) Und in einer um 1926 verfassten Passage über Frank Wedekinds Sittengemälde *Musik*, in welchem sexueller Missbrauch und Auswüchse der Gesangsausbildung gegeißelt werden, bemerkt der Erzähler gegenüber Wedekind: »›Es wird zu viel musiziert heutzutage.‹« Die Reaktion folgt prompt: »Wedekind zuckte wie von einer Natter gestochen zurück. Von da an hatte ich es mit ihm verdorben.« (AdB 4, 224)

Walsers Distanz zum Konzert- und Opernbetrieb entspricht seiner Abneigung gegenüber allem Pompösen und Aufgeblasenen. Oft genug erinnert sein Schreiben an musikalische Verfahrensweisen wie die Abspaltung und freie Entwicklung von Motiven oder das Spiel mit Assonanzen und einer unruhig schwebenden Rhythmik, was mit schillernden Inkongruenzen von Klang und Bedeutung einhergeht. Das Musikalische ist für Walsers Schreibweise prägend, und je länger er schreibt, desto mehr Gewicht erlangen metrische und rhythmische Kapriolen, Verzierungen, Wort- und Klangassoziationen. Praktische Erfahrung mit Musik hatte er als Kind gesammelt. Wie seine Geschwister musste Robert sich an einem Instrument versuchen, obwohl er für das Klavierspiel weder Lust noch Talent gehabt habe, wie seine Schwester Fanny später angab.

Man kann, ohne zu übertreiben, sagen, dass Walser als Schriftsteller auch kompositorisch agiert und mit Variationen und Digressionen arbeitet. Wenn er zu Chopin und Paganini ›fantasiert‹, orientiert er sich an einem utopischen Schreiben, das musikalisch-improvisierend inspiriert ist und die Gebundenheit an Sprache zu transzendieren sucht. Für eine solch spontan und originell sich entfaltende, im Spätwerk ans Experimentelle grenzende Musikalität, der spätromantisches Pathos und zirzensisches Virtuosentum fremd sind, fehlte Walser im klassischen Musikbetrieb seiner Zeit der entsprechende Echo- und Imaginationsraum.

Es ist zudem aufschlussreich, dass Walser seine literarischen Werke nicht mit musikalischen Großformen vergleicht, sondern mit kleineren, reduzierteren, konzentrierteren Formen. So publizierte er 1915 in der *Vossischen Zeitung* unter dem Obertitel *Kammermusik* eine Gruppe von vier Einzeltexten, und ab 1918 plante er unter demselben Titel eine Sammelpublikation in Buchform, die jedoch nicht realisiert wurde.

VERKLINGEN

Mit den Bestrebungen einiger zeitgenössischer Komponisten wie Claude Debussy, Gustav Mahler, Aleksander Skrjabin oder Arnold Schönberg korrespondiert Walsers Suche nach einer ›anderen‹ Musikalität, die auf überraschende und unverbrauchte Töne und Klänge setzt, aber durchaus. Dass Walser nie mit komponierenden Zeitgenossen in Kontakt stand, geschweige denn ihre Musik kommentiert hat, kann als verpasste historische Chance gelten. Dafür können Walsers Figuren nicht nur über Musik reden, sondern auch zu komponierenden Hörern werden. So wie sie als Wanderer und Spaziergänger Plätze aufsuchen, an denen die Welt besonders interessant erscheint, schaffen sie sich als Hörer ›musikalische Environments‹, in denen sie die Ferne und Nähe der Klänge selber bestimmen und regulieren. In diesen Freiräumen, welche die Hörer von der Welt absondern, um sie zugleich über diese Welt hinauswachsen zu lassen, ist die Kontinuität der Klänge wichtig. Es geht nicht um konventionell komponierte Stücke, die einen Anfang und einen Schluss aufweisen, sondern um ein der Natur verwandtes Klingen ohne Ende.

Vor diesem Hintergrund wird verständlich, dass das Akkordeon, das wegen seines Balgs über einen endlosen Atem zu verfügen scheint, zu Walsers liebstem Instrument wird. Von ihm umgangssprachlich und zugleich poetisch überhöhend als ›Handharfe‹ bezeichnet, prägt es in seinen Werken oft die dunklen, nächtlichen Stimmungen. Akkordeon und Handorgel galten damals als ›niedere‹ Instrumente. In Konzertsälen hatten sie nichts zu suchen, an Konservatorien wurden sie nicht unterrichtet. Wegen ihres günstigen Preises und der damals noch einfachen Spieltechnik mit Standardbässen fanden sie im ausgehenden 19. Jahrhundert wachsende Verbreitung und wurden ein tragendes Element der Laienmusikbewegung.

Der von der volksmusikalischen Tradition des 19. Jahrhunderts geprägte soziale Hintergrund des Akkordeons faszinierte Walser. Da wird nicht in elitärer Manier bildungsbürgerliche Abgrenzung zelebriert, sondern tiefgründige Musik für die armen und einfachen Leute gemacht. In dieser Rolle führte Alban Berg das Akkordeon auch in die Oper *Wozzeck* (1914-1922) ein, wo es in einem Wirtshausgarten beim Heurigen zum Einsatz kommt (Szene II,4). Das Akkordeon ist auch eine Emanation der Drehleier, die in der Romantik oft mit dem Tod assoziiert wurde, wie beispielsweise am Schluss von Franz Schuberts *Winterreise* (1827).

Am meisten Wertschätzung erfährt in Walsers Texten jene Musik, die heimlichen Beobachtern und beiläufigen Zuhörern zu Ohren kommt. Neben den Klängen des Akkordeons kann das Tanzmusik sein, die aus dem offenen Fenster einer

Kammer klingt, oder Klavierübungen, die einen Vorübergehenden auf der Straße anwehen, oder ein Lied, das wie von Geistermund gesungen durch den Wald schallt. Besonders fasziniert Walser das Phänomen des Verklingens, wie es der Prosatext *Ich wohnte einem Konzert bei* von 1926/27 schildert: »Ich finde es wundervoll, wenn in einem Spiel, wenn ein Ton kaum noch hörbar ist, man ihn desto eher zu vernehmen wünscht, man mit um so mehr Eifer auf ihn horcht.« (SW 19, 35) Seine Faszination für in der Ferne verklingende und verlöschende Töne trifft sich mit den Bestrebungen eines Mahler oder Schönberg, in deren Werk die Nichtmusik, die Stille und die Pausen gleich wichtig werden wie die Klänge selbst. Und sie entspricht Walsers Auffassung von Sprache, wie sie am Ende des Prosastücks *Mutter und Kind* (1929) steht: »In bezug auf die Sprache gehört es mit zu ihrer Schönheit, daß sie sich, wenn sie versagt, wirksam zeigt, im Verstummen zu verstehen zu geben fähig ist, sie sei da.« (SW 20, 139)

Walsers Umgang mit Tönen in seinen Texten weist über seine Zeitgenossen hinaus, da er Klangräume unter freiem Himmel schafft, oft mit bewegter Musik in Form vorbeiziehender Handwerksburschen, Musikkapellen, Booten. Besonders eindrücklich kommt diese Form der musikalischen Bewegung im Text *Das Seestück* von 1916 zum Tragen, in dem der Erzähler auf einer Brücke steht, während unter ihm eine Gondel mit einem singenden Mädchen vorbeifährt. Der einfache Gesang verwandelt die Nacht in einen natürlichen Konzertsaal von unendlicher Weite. Eine Variante dieses romantischen Motivs sind die wandernden Sänger und Poeten, denen der Erzähler in sehnsüchtiger Verklärung nachgeht, wie etwa in den frühen Texten *Brentano. Eine Phantasie* (vermutl. 1902) und *Simon. Eine Liebesgeschichte* (1904).

Walser, dessen Erzählerfiguren sich gerne als Banausen geben, weiß in der klassischen Musik durchaus Bescheid und zögert nicht, seine Vorlieben zu nennen. Am meisten schätzt er Mozart, daran besteht kein Zweifel. Im Prosastück *Frau von Twann* (1914) beispielsweise ist die erklingende Musik »so schön, daß man sich einbildet, Mozart selbst dirigiere sie« (SW 4, 17). Oder in der Novelle *Der Spaziergang* (1917) wird der Erzähler von einem »schmelzenden Mozart- oder Hirtinnen-Lied« verzaubert, das eine reizende Mädchenstimme »in die blaue Luft hinaus und hinauf« singt: »die Töne klangen wie junges, unschuldiges Lebens- und Liebesglück selber; sie flogen, gleich Engelsgestalten mit schneeweißem Freudengefieder, in den Himmel, aus welchem sie wieder herunterzufallen und mit einem Lächeln zu sterben schienen.« (SW 5, 33) Und am 14. Januar 1922 schreibt er seiner Brieffreundin Frieda Mermet, dass er in Zürich »die wundervolle Opernvorstellung ›Zauberflöte‹ von Mozart, eines der schönsten Werke, die wohl je komponiert worden sind«, gesehen habe.

Am häufigsten schrieb Walser über *Don Giovanni*. Hier findet das niedere Paar Zerlina und Masetto mehr Beachtung als die hohen Paare, wobei die nach ihrem Seitensprung stolz um Schläge bittende Zerlina besondere Aufmerksamkeit erlangt. Walser äußert sich auch über *Le nozze di Figaro* und *Die Zauberflöte* und spart dabei nicht mit ironischen Seitenhieben, die jedoch nie Mozarts Musik betreffen, sondern den Opernbetrieb, die albernen Inszenierungen und die ungeliebten Libretti. Gerade den Text der *Zauberflöte* zerpflückt er seiner unlogischen Handlung und der Längen wegen gnadenlos (vgl. SW 19, 306-309).

Beethoven und mit ihm das Überhöhende der Romantik mag Walser nicht. Das ist ihm »ein Getöse und daraufhin ein Gelispel, eine Herausforderung, die sich in eine Umarmung auflöste, ein Beleidigen und ein Verzeihen« (AdB 4, 28 f.). Ebenfalls in den Zwanzigerjahren, als er auf das berühmte Freiheitssignal der Trompeten in Beethovens Oper *Fidelio* zu sprechen kommt, spottet Walser über das Erhabene, aber nur um den Alltag, seine eigentliche Domäne, postwendend ins Erhabene zu wenden: »O, wie ihn das Humanismusankunftssignal in seinen kurzangebundenen Langgezogenheiten entzückte. Er nannte die Oper die schönste, die überhaupt existiere, und erlebte anderntags eine märchenhaft schöne Vormittagsstraßenstimmung, worin ihm die gesamte Menschheit bloß so zu schweben schien.« (AdB 4, 133 f.)

Die vorliegende Auswahl beschränkt sich auf Gedichte und kurze Prosa. Nach einer ersten Sichtung lagen gut 300 Texte vor, mit insgesamt über 1200 Druckseiten. Daraus wurden 60 Texte ausgewählt, mit dem Ziel, die ganze Bandbreite von Walsers Beschäftigung mit Musik abzudecken. Sie reicht von grotesken Beschreibungen in *Lustspielabend* (1907), bei denen einer von der Musik »eins über den Schädel« bekommt und dann »ganz wie von selber den Mund auftat, um hinzuhorchen« (SW 2, 55), bis zu einer sublimen Welt ohne »Schälle« (SW 5, 160) im Prosastück *Schneien* (1917). Mit zum heterogenen Spektrum gehört, dass Walser sein kompositorisches Wissen aufscheinen lässt und etwa 1914 in *Die Sonate* (vgl. SW 4, 101 ff.) subtil die pathetisch-kühle Anlage der Sonatenform konterkariert oder 1928 ein ironisch tänzelndes ›Menuett‹ über ein Menuett verfasst (vgl. AdB 5, 319). Musikalisch noch komplexer gestaltet sich in *Stück ohne Titel II* (1928) die hintersinnig-polyphone Studie über die drei dramatischen Formen Film, Oper und Schauspiel; synchron werden der eben gesehene Film (*Gösta Berling* von Mauritz Stiller), die im Moment gespielte Oper (Beethovens *Fidelio*) mit dem noch lebenden, aber kranken Beethoven und das Schauspielprojekt in der Schreibtischschublade des Sitznachbarn übereinandergelagert. Auch einige von Walsers ›Serenaden‹ – seine erotischen Liebesromanzen und Ständchen – wurden aufgenommen, die er von Gitarren oder Mandolinen begleiten lässt, um das spanische Kolorit zu akzentuieren. Nicht wenige Zitate dieses Nachworts stammen bewusst aus Texten, die nicht in die Anthologie aufgenommen wurden, da die Musik in ihnen nur marginal, oft nur in einem einzigen Satz erwähnt wird.

SPRECHENDE INSTRUMENTE

Die Musikinstrumente übernehmen bei Walser ganz unterschiedliche Rollen. Das Akkordeon steht für eine unverfälschte, einfache Welt ohne Lüge; Gitarre und Mandoline sind Requisiten für fahrende Sänger aus romantischen Zeiten, wobei die Instrumente oft bloß auf den Rücken gebunden sind und gar nicht mehr erklingen. Zwiespältig ist Walsers Verhältnis zu den prestigeträchtigen Instrumenten Violine und Klavier, die bei ihm meist in den Händen reisender Virtuosen oder zaghaft begabter Schülerinnen liegen. In den Texten zu *Paganini* (1912) erscheint die Geige als etwas Himmlisches, im späten Prosastück *Das Konzert* (1930) dagegen, wo sie von der Tochter des Hauses gekratzt wird, als Marterinstrument und Symbol einer zerrütteten Familie. Die Geige kann aber auch unerreichbare Meisterschaft und Scheitern bedeuten, wie im frühen Dramolett *Die Knaben*, das Walser 1902 in der Zeitschrift *Die Insel* erscheinen ließ. Da spielt einer der Knaben »beim Paganini« vor, um zu erkennen, dass er den Meister nicht von seinem Talent zu überzeugen vermochte: »Ich [...] steckte die Geige ein und ging, und nun – gebe ich das Geigen auf.« (SW 14, 13)

Noch zwiespältiger ist Walsers Verhältnis zum Klavier, das er wiederholt als bürgerliches Repräsentationsinstrument entlarvt: Mal wird der Erzähler von einem virtuosen Pianisten gedemütigt, der mit seinem Können gegenüber der Damenwelt auftrumpft, mal steht das Klavier im Zentrum einer Szene, die das sadomasochistische Verhältnis zwischen der Klavierlehrerin und ihrem Schüler auskostet, mal strebt der Erzähler nach physischer Nähe zum Instrument, indem er selbst das Manual sein möchte: »Unwillkürlich benied ich die Tasten, denen das Vergnügen zuteil wurde, unter den niedlichsten Fingeranschlägen beben und tönen zu dürfen [...].« (AdB 4, 214) Nur in den Texten zu Chopin zeigt sich eine andere Spielart des Klaviers: Eine Welt ohne Etüden, ohne Noten, eine Welt freier musikalischer Fantasie, dabei doch bodenständig und lebenstauglich: »Bei den Räubern lernte ich waschen, nähen, kochen und Chopin spielen« (SW 8, 46), schreibt er 1924 in *Titus*.

Hier offenbart sich Walsers Musikverständnis in seiner ganzen Ambivalenz, wobei etwa beim Klavier auch private Hintergründe hineinspielen mögen. Sein 1916 mit 43 Jahren in einer psychiatrischen Anstalt verstorbener Bruder Ernst war, bevor er geistig komplett zerfiel, musisch ambitioniert und »ein vorzüglicher Klavierspieler« (SW 9, 233) gewesen, der »musikalische Kompositionen« (SW 9, 235) verfasst hatte – so jedenfalls steht es im literarisch verklausulierten Porträt des Bruders, das Walser 1907 in seinen ersten Roman *Geschwister Tanner* einfügt.

Noch gespaltener als zum Klavier ist Walsers Verhältnis zu Sängerinnen. Denn hier schwingt das Erotische stärker mit als bei den diversen Klavierlehrerinnen, die in seinen Schriften vorkommen. Walser unterscheidet zwischen dem einfachen Gesang natürlicher Stimmen, den er über alles lobt und zu dem auch der Kirchengesang gehört, und dem Gesang von klassisch ausgebildeten Stimmen. Dieses opernhafte Singen findet er künstlich und vergleicht es spöttisch mit Trillern und Zwitschern. Sängerinnen werden deshalb von Walser gerne in die Ferne gesetzt; beispielsweise müssen sie, um ihre Kunst auszuüben, in ein nahe gelegenes Wäldchen gehen. Im Prosastück *Olympia* von 1925 wiederum geraten Gesang und eheliche Nähe in Konflikt: »›Ein Schriftsteller verheiratete sich [...] mit einer Tochter aus gutem Hause, die sich zur Sängerin auszubilden dachte, zu welchem Zweck sie ihre Zeit wie ein Singvögelchen verbrachte, indem sie den lieben, langen Tag nichts als trällerte. Wie habe ich lachen müssen, als er sich hiedurch im Dichten gestört sah.‹« (SW 17, 123)

Mit seiner Ablehnung des klassischen Gesangs kommt Walser jenen komponierenden Zeitgenossen nahe, die nach 1900 mit dem Sprechgesang experimentierten und das Melodram neu entdeckten. Für so unterschiedliche Künstler wie Arnold Schönberg, Igor Strawinsky, Arthur Honegger oder Harry Partch war der hohe Operngesang erstarrt und taugte nicht als Träger eines neuen musikalischen Ausdrucks. Obwohl Walser in literarischer Hinsicht ein virtuoser Melodiker und wahrer Meister der Verzierungstechnik war, spürte er das Verkrampfte und Bemühte des klassischen Gesangs genau, erkannte aber auch, wenn dieses Bemühte überwunden wurde.

Beispielhaft zeigt sich dies im Prosastück *Städtebild*, das um 1927 datiert: »Vielleicht wird erlaubt sein, zu sagen, daß in einem Konzertsaal eine Sängerin ein sich in seinen angenehmen Ausdehnungen melodiös abspiegelndes Lied vor einer mäßigen Anzahl aufmerksam und dankbar lauschender Anwesenden denkbar glücklich vortrug. Das Spiel und das Lied ließen in ein Erlebnis mitfühlend, mitgestaltend blicken. Lebhafter Beifall belohnte ein Bemühen, das umso mehr ein solches war, je weniger es dies merken ließ.« (SW 19, 61f.) So könnte man Walsers ambivalentes Verhältnis zur Musik vielleicht folgendermaßen zu fassen versuchen: Er liebte Musik, die umso mehr Musik ist, je weniger sie erzwingen muss, solche zu sein.

DER BEGABTESTE HORCHER

Robert Walsers musikalisch gefärbte Schreibweise fiel schon seinen Zeitgenossen auf. Max Brod vernimmt 1911 in Walsers Texten »ungezwungene Musik«, Hermann Hesse 1917 »feine Kammermusik«. Und als Walsers Roman *Der Gehülfe* 1936 neu aufgelegt wird, ist es Hesse, als sei dessen Verfasser ein »reiner Musikant«. Walsers Affinität zur Musik und zum Musikalischen korrespondiert mit seinem Interesse am Akustischen, das sein Werk in doppelter Hinsicht prägt: als Faible für den Hörsinn und als Hang zum Redegestus. Wenn sich der Erzähler – wie im Prosastück *Die Ruine* (1926) – als »der begabteste Horcher« (SW 17, 141) zu Wort meldet, ist dies Ausdruck einer akustischen Sensibilität gegenüber der vielstimmig anschwellenden Geräuschkulisse der Zeit. Dieser spezifischen ›Ohralität‹ (Peter Utz) entspricht in Walsers Schreiben ein ausgeprägtes Interesse am Lautlichen und Gesprochenen der Sprache, das sich etwa im Stilmittel der ›fingierten Mündlichkeit‹ (Dieter Roser) äußert. Schon Walsers erstes Prosastück *Der Greifensee* von 1899 kommt als ironisches Selbstgespräch daher, das vom Ungenügen und Versagen des literarischen Ausdrucks handelt. »[I]ch fange gemütlich an, mit mir zu plaudern« (SW 2, 32), sagt der Erzähler eingangs, um alsbald zu folgern: »Ich komme zu keinen Worten, obgleich mir ist, als mache ich schon zu viele Worte.« (SW 2, 33) Das bestimmende Gefühl, Erfahrungen literarisch nicht adäquat einfangen zu können, bildet die Grundlage für Walsers Vorstellung von Musik als einer privilegierten, die Gebundenheit an Sprache übersteigenden, bis zur Erschütterung führenden Ausdrucksform.

Walsers ›Sprachmusik‹ speist sich nicht allein aus dem althergebrachten Wunsch, dem toten und stummen Buchstaben der Schrift das Lebendige und Klingende der Rede entgegenzusetzen. Sie interagiert auch rege mit dem technischen Fortschritt, der mit Apparaten wie Telefon, Grammophon, Lautsprecher, Rundfunk und Projektor einhergeht und Phänomene wie intermediale Wahrnehmung, Multimedialität, Autorenlesung, Live-Diskussionen, Interviews, Kinematografie und Radiophonie befördert oder überhaupt erst hervorbringt. Es ist eines der Kennzeichen von Walsers Modernität, dass sie über ein ausgeprägtes Bewusstsein für die intermedialen Wechselwirkungen bei der Produktion und Rezeption literarischer Texte verfügt und die sinnlichen, materiellen und medialen Umstände des Schreibens und Lesens als Voraussetzungen und unhintergehbare Rahmenbedingungen des Schaffensprozesses erkennt und in diesen miteinbezieht.

In Walsers Schreiben fungiert die akustische Wahrnehmung

nicht als bloße Ergänzung der anderen Sinne, sondern markiert eine Qualität *sui generis*. Dass Walser Tönen und Klängen eine so bewegende Wirkung zuschreibt, ist seiner Überzeugung zu verdanken, dass Musik – die ihrerseits als Ereignis stattfindet – ›Leben‹ in seiner Ereignis- und Prozesshaftigkeit treffender zu erfassen vermag als jede andere Kunstform. Im späten Prosastück *Meine Bemühungen* von 1928/29, das als eine Art Bilanz von Walsers literarischer Tätigkeit gelesen werden kann, wird deutlich, wie sehr Walser daran gelegen ist, mit seiner Kunst ›Leben‹ einzufangen: »Wenn ich gelegentlich spontan drauflos schriftstellerte, so sah das vielleicht für Erzernsthafte ein wenig komisch aus; doch ich experimentierte auf sprachlichem Gebiet in der Hoffnung, in der Sprache sei irgendwelche unbekannte Lebendigkeit vorhanden, die es eine Freude sei zu wecken.« (SW 20, 429f.) So bezeichnet Musik für Walser nicht nur etwas Schönes und Wahres, sondern stets auch etwas unfassbar Subversives, das als das Andere der Sprache den Festlegungen der Konventionen und Bedeutungen entgegenläuft.

Aufgrund der hohen Affinität zum Musikalischen überrascht es, dass Robert Walsers Werk nicht früher zum Gegenstand kompositorischer Bemühungen geworden ist. Nach zögerlichen Anfängen in den Neunzehnhundertsechziger- und siebzigerjahren setzte dann allerdings eine Beschäftigung ein, die mit der Zeit ähnlich intensiv ausfiel wie bei Friedrich Hölderlin oder Rainer Maria Rilke. Ein Höhepunkt stellt sicherlich Heinz Holligers Oper *Schneewittchen* dar, der Walsers gleichnamiges Dramolett von 1901 zugrunde liegt und die 1998 am Zürcher Opernhaus uraufgeführt und 2014 am Theater Basel in einer Neuinszenierung von Achim Freyer unter der musikalischen Leitung des Komponisten gezeigt wurde.

Walsers Werk angenommen hat sich primär die musikalische Avantgarde, wobei Walser auf diese Avantgarde insofern herausfordernd und befreiend wirkt, als in der Auseinandersetzung mit seinen Texten oft experimentelle, alle Konventionen sprengende pluridisziplinäre Kompositionen entstehen. Als Autor besetzt Walser die Ränder des Betriebs, sein Werk gehört zum Kanon der Unorthodoxen und der Außenseiter. Als Meister der Zwischentöne und der Vielstimmigkeit, aber auch der permanenten Infragestellung, Entwicklung und Bewegung, gerieten die Topoi unter seiner Hand zu gleitenden Plätzen, die neuen Spielraum eröffnen.

Roman Brotbeck und Reto Sorg

TEXTNACHWEISE

Die Texte dieses Bandes sind – inklusive textkritischer Zeichen – den folgenden Ausgaben entnommen:

Robert Walser: *Sämtliche Werke in Einzelausgaben.* Herausgegeben von Jochen Greven. 20 Bde. Zürich und Frankfurt am Main: Suhrkamp 1985/1986 (st; 1101-1120) [= SW].

Robert Walser: *Aus dem Bleistiftgebiet.* 6 Bde. Im Auftrag des Robert Walser-Archivs der Carl Seelig-Stiftung/Zürich entziffert und herausgegeben von Bernhard Echte und Werner Morlang. Frankfurt am Main: Suhrkamp 1985-2000 [= AdB].

Robert Walser: *Feuer. Unbekannte Prosa und Gedichte.* Herausgegeben von Bernhard Echte. Frankfurt am Main: Suhrkamp 2003 [= Feuer].

Bangen (SW 13, 26); Erstdruck in *Wiener Rundschau* als *Enttäuschung* unter dem Obertitel *Gedichte*, August 1899.

Bierszene (SW 13, 44); unveröffentlichtes Manuskript, spätestens 1900.

Laute (SW 2, 8 f.); Erstdruck in *Die Insel* als zweiter von sechs Texten unter dem Obertitel *Sechs kleine Geschichten*, August 1901.

Klavier (SW 2, 9 f.); Erstdruck in *Die Insel* als dritter von sechs Texten unter dem Obertitel *Sechs kleine Geschichten*, August 1901.

Musik (SW 1, 43 f.); Erstdruck in *Sonntagsblatt des Bund* unter dem Obertitel *Fritz Kocher's Aufsätze*, 6. April 1902.

Brentano. Eine Phantasie (SW 15, 78-86); unveröffentlichtes Manuskript, vermutlich 1902.

Der Schuß. Eine Pantomime (Feuer, 11-16); unveröffentlichtes Manuskript, vermutlich 1902.

Simon. Eine Liebesgeschichte (SW 2, 15-22); Erstdruck in *Freistatt*, 2. April 1904.

Im Mondschein (SW 13, 19 f.); Erstdruck in *Die Opale*, Januar 1907.

Lustspielabend (SW 2, 50-56); Erstdruck in *Die Schaubühne*, 23. Mai 1907.

Knabenliebe (SW 13, 23 f.); Erstdruck in der Buchpublikation *Gedichte*, 1908.

Lebendes Bild (SW 3, 58-61); Erstdruck in *Die Schaubühne*, 13. Mai 1909.

Kuhstall (Feuer, 47 f.); unveröffentlichtes Manuskript, vermutlich 1911.

Don Juan (SW 3, 50-53); Erstdruck in *Die Schaubühne*, 28. März 1912.

Paganini. Variation (SW 2, 92-94); Erstdruck in *Vossische Zeitung* als *Paganini*, 23. April 1912.

Paganini (SW 3, 127-129); Erstdruck in *Die Rheinlande*, Juli 1912.

Der Handharfer (SW 13, 53 f.); Erstdruck in *Arkadia* als *Handharfe am Tag*, 1913.

Tannenzweig, Taschentuch und Käppchen (SW 4, 135f.); Erstdruck in *März* als zweiter von sechs Texten unter dem Obertitel *Kleine Sachen*, 24. Januar 1914.
Der Mann (SW 4, 136f.); Erstdruck in *März* als dritter von sechs Texten unter dem Obertitel *Kleine Sachen*, 24. Januar 1914.
Die Handharfe (SW 4, 139); Erstdruck in *März* als sechster von sechs Texten unter dem Obertitel *Kleine Sachen*, 24. Januar 1914.
Die Kapelle (SW 4, 98f.); Erstdruck in *Die weißen Blätter* als vierter von sieben Texten unter dem Obertitel *Sieben Stücke*, Februar 1914.
Die Sonate (SW4, 101-103); Erstdruck in *Die weißen Blätter* als sechster von sieben Texten unter dem Obertitel *Sieben Stücke*, Februar 1914.
Maler, Dichter und Sängerin (SW 16, 90f.); Erstdruck in *Die Ähre* unter dem Obertitel *Sechs Prosastücke*, 11. April 1915.
Sommernacht (SW 16, 91-93); Erstdruck in *Vossische Zeitung* unter dem Obertitel *Kammermusik*, 15. November 1915.
Erinnerung an »Hoffmanns Erzählungen« (SW 6, 91f.); Erstdruck in *Vossische Zeitung* unter dem Obertitel *Kleine Malerei*, 12. Januar 1916.
Das Seestück (SW 5, 81-83); Erstdruck in der Buchpublikation *Prosastücke*, 1917.
Der fahrende Sänger (SW 5, 134-137); Erstdruck in der Buchpublikation *Kleine Prosa* als Kapitel im Text *Leben eines Dichters*, 1917.
Schneien (SW 5, 159-162); Erstdruck in der Buchpublikation *Kleine Prosa*, 1917.
Chopin (SW 13, 70f.); Erstdruck in *Die Weltbühne*, 16. September 1920.
Der alte Bernermarsch (AdB 1, 291f.); Mikrogramm, September/November 1924.
Hohe Oper (AdB 1, 290f.); Mikrogramm, Oktober/November 1924.
Klopfen (SW 17, 199f.); Erstdruck in *Neue Zürcher Zeitung* als *Klopfen. Ein wenig ironisch gemeint*, 4. Januar 1925.
Wenn mich meine Freundin, was sag' ich Freundin, ich muss schon Ideal sagen (AdB 1, 49f.); Mikrogramm, April/Juni 1925.
Das Porzellanfigürchen (SW 13, 150-152); Erstdruck in *Wissen und Leben* unter dem Obertitel *Gedichte*, 20. Juni 1925.
Konzert (SW 17, 35f.); Erstdruck in *Berliner Börsen-Courier*, 18. August 1925.
Ich nannte mich Tannhäuser (SW 17, 45-48); Erstdruck in *Berliner Börsen-Courier*, 3. September 1925.
Mozart, so hieß ein Musikus (AdB 6, 388f.); Mikrogramm, September 1925.
Ein sowohl auf's Dunkelbraunste (AdB 5, 52-54); Mikrogramm, Oktober/Dezember 1925.
Gerda (SW 8, 19-22); Erstdruck in der Buchpublikation *Die Rose*, 1925.
Ich will in diesem zunächst bescheidenen, gleichsam dünnen und kleinen Memorandum (AdB 5, 268-272); Mikrogramm, Januar/Februar 1926.

Über eine Opernaufführung (SW 17, 41-45); Erstdruck in *Berliner Tageblatt*, 16. April 1926.

Das Mädchen mit dem Essay (SW 18, 256-261); Erstdruck in *Frankfurter Zeitung*, 28. November 1926.

Glosse zu einer Premiere von Mozarts »Don Juan« (SW 18, 268-270); Erstdruck in *Berliner Tageblatt*, 21. Dezember 1926.

Ich wohnte einem Konzert bei (SW 19, 33-36); unveröffentlichtes Manuskript, 1926/1927.

Die Dame am Klavier (SW 13, 257); Erstdruck in *Prager Tageblatt* unter dem Obertitel *Zwei Gedichte*, 20. Februar 1927.

Ich schaute den Neunte Symphonie-Dirigenten ... sehr eingehend an (AdB 5, 70f.); Mikrogramm, Februar/März 1927.

Sie besuchte das Konservatorium (AdB 6, 416f.); Mikrogramm, Februar/März 1927.

Alles, was man sich unter Nachtigallen vorstellt (AdB 5, 208-211); Mikrogramm, Juni 1927.

Er war zu schwach (AdB 6, 448 f.); Mikrogramm, vermutlich November/Dezember 1927.

Montag früh ist's (AdB 5, 67-70); Mikrogramm, vermutlich November/Dezember 1927.

Noch vor einer halben Stunde (AdB 6, 450f.); Mikrogramm, November/Dezember 1927.

Worte über Mozarts »Zauberflöte« (SW 19, 306-309); unveröffentlichtes Manuskript, 1927/1928.

Frühe schon gewöhnte man (AdB 6, 479f.); Mikrogramm, September/November 1928.

Eben sprang aus einem Verlagshaus ein Buch heraus (AdB 5, 319f.); Mikrogramm, Oktober/November 1928.

Stück ohne Titel (II) (SW 19, 303-306); unveröffentlichtes Manuskript, 1928.

Über zwei kleine Romane (SW 20, 314-318); Erstdruck in *Sport im Bild*, 31. Oktober 1929.

Das Konzert (SW 20, 132f.); Erstdruck in *Sport im Bild*, 21. Oktober 1930.

Kleinstadt (SW 20, 185f.); unveröffentlichtes Manuskript, vermutlich 1930.

Familienleben (SW 13, 129f.); Erstdruck in *Prager Presse*, 5. Juli 1931.

Die schöne Nacht (SW 19, 86-88); Erstdruck in *Prager Presse*, 2. April 1933.